歌声里的军礼

——李希信中短篇小说选

李希信 著

中国华侨出版社

·北京·

图书在版编目（CIP）数据

歌声里的军礼：李希信中短篇小说选／李希信著．— 北京：中国华侨出版社，2021.12
ISBN 978-7-5113-8653-3

Ⅰ．①歌… Ⅱ．①李… Ⅲ．①中篇小说－小说集－中国－当代②短篇小说－小说集－中国－当代 Ⅳ．①I247.7

中国版本图书馆 CIP 数据核字（2021）第 203175 号

歌声里的军礼：李希信中短篇小说选

作　　者 /	李希信
责任编辑 /	王　委　桑梦娟
封面设计 /	中图时代
文字编辑 /	秦丽瑶
经　　销 /	新华书店
印　　刷 /	三河市嵩川印刷有限公司
开　　本 /	880 毫米×1230 毫米　32 开
印　　张 /	7.5
字　　数 /	200 千字
版　　次 /	2021 年 12 月第 1 版　2022 年 1 月第 1 次印刷
书　　号 /	ISBN 978-7-5113-8653-3
定　　价 /	48.00 元

中国华侨出版社　北京市朝阳区西坝河东里 77 号楼底商 5 号　邮编：100028
发 行 部：(010)64443051　　传　　真：(010)64439708
网　　址：www.oveaschin.com　　电子信箱：oveaschin@sina.com

如果发现印装质量问题，影响阅读，请与印刷厂联系调换。

序

希信是我的老战友,都曾是原北京军区空军创作组创作员。不同的是,他是"跳槽"进来的。当时,他所属部队是军委工程兵,虽是业余作者,却发表了数万字文学作品,字里行间透出了才气和潜力。那时风气正,相关领导慧眼识珠,唯才是举,军区空军首长便大笔一挥,欣然纳贤了。

我那时正在军区空军文化部当干事,职责之一便是为创作组服务。和希信初次见面,他给我印象不错,相貌厚道,目光沉稳,话不多却透出温和的睿智。他到了空军,自然就要熟悉飞行部队,所以我们没来得及更多交往,就见他急匆匆离开北京,下部队体验生活去了。此后不断传来他在空38师、空24师和导弹、雷达等部队采风的消息。我感觉到,他似乎攒足劲,要拿出一批好作品来。

没想到天有不测风云,他突然出事了:医疗事故!

当时,他正在采访某飞行师不分日夜搜集素材。他不知道的是,他已经被病魔瞄准了。本来只是重感冒,但阴差阳错,打针治疗时出了问题:诊断结论是链霉素迟发中毒症。大夫说,此病系前庭平衡神经坏死,目前无药可医,只能辅助治疗,而康复的唯一办法,就是锻炼走直线,提高眼睛、四肢的代偿能力……

难以言说的苦味和困境。希信本可以在创作上大展拳脚,现在不仅突然折断了翅膀,还要为身体最基本的生存技能拼搏了。这是躲不掉的劫难,希信不得不开始了漫长的养病。此后好长一段时间,除了断续消息，他基本上从战友们的视线中消失了。不过，很有缘的是，当我们都退休后，竟然又住进了同一个干休所，不时在同一片树荫下相遇。他的养病也有了明显效果，步履虽慢，但很稳，定向功能恢复得不错。我担心触碰他的隐痛，从不主动提及文学创作的事情。意外的是，前两天晚上，他的微信突然给我发来一部中短篇小说集，问我能否给他写个序言。

我认真读了这部书稿，很是喜悦，也很有感触。我注意到了希信的为人低调务实。这回深入交谈中我才知道，此前他已经分别出版过《李希信中篇小说集》和短篇小说集《母亲的饺子》两本书，却从未声张过。可以说，他在养病中并未放弃心中的理想追求，而是在认真感受生活，品味人生，然后用文字形成了一批他的灵魂结晶。希信的作品很接地气。他的目光主要聚焦在军旅和农村生活，读他的作品时，我能清晰感受到军营的操练声和田野的泥土香味。还有一点尤其让我眼前一亮，就是他讲的故事很有趣，而且视野新鲜，人物鲜活，让人感觉到一批活生生的灵魂在军营、农村的酸甜苦辣中摸爬滚打，且显现出不同的时代特色。总之，我觉得这部作品集很值得一读。

郭兵艺[*]

2020 年 12 月 12 日

---

[*] 中国作家协会会员，原北京空军政治部创作组组长。

目 录

第一辑 1
敬礼,兵姐! 3
神机妙算"小诸葛" 26
"摆设"书记 50
军功榜 84
恩 公 129
军属光荣 134

第二辑 141
警功章 143
警 姐 147
警 花 151
歌声里的军礼 154
草原逸事 157
错 秤 160
军 嫂 164
果果的生日蛋糕 167
两条项链 169
活雷锋 173
党 费 176

哥俩好 ………………………………………… 179

囍 ………………………………………… 183

出　狱 ………………………………………… 186

儿时的元宵节 …………………………………… 189

两块钱 ………………………………………… 191

走好,爷孙俩 …………………………………… 193

第三辑 …………………………………………… 197

接婆婆 ………………………………………… 199

失败之后 ………………………………………… 206

老倔头 ………………………………………… 214

来自乌苏里江的老人 …………………………… 225

后　记 …………………………………………… 232

第一辑

敬礼,兵姐!

一

在那个年代,当兵是我这个农村青年唯一的出路。到22岁,我才凭着在市报上发表的两篇小文章穿上了军装。我目标明确,努力异常。月月有连嘉奖,季季有营嘉奖,半年获全团通令嘉奖,年底荣立个三等功!不想当将军的士兵不是好士兵!当不好一个好士兵,就永远与将军无缘!

部队待我不薄,我更应该为部队争光。但不幸:我的左胳膊腋下生了疮。医生说是淋巴发炎,已经溃烂了!

开始,我吃点复方新诺明,它好了;我一干活,它又坏了!我一打青霉素,它又好了;但我又一干活,它又坏了!

疼!流脓!胳膊肿!清不了炮口,打不了风钻!

组织上给我那么多荣誉,我却不能参加国防施工,心里很难过,很折磨人。虽然我用右胳膊右手打扫全连营区卫生,浇连队种的虎皮菜、四季豆、西红柿,更换连队的黑板报,但我夜里还是抱着红色的烫着金字的三等功证书流泪。

不知是连首长有意培养我,还是看我不能进坑道施工,给我找了个安慰我的闲差事:参加师里组织的文艺创作学习班!

学习班在师卫生队旁边的两排板房里。

文艺创作,我并不陌生。我那当过私塾先生的爷爷崇拜鲁迅先生,自称是鲁迅先生的弟子。他老人家在民国的刊物上还发表过文章呢。我左腋下生疮,不影响右胳膊右手写字。就是指导员不打电话命令,我也会去治疗淋巴疮的。

外科军医的处方:一天打两次青霉素,换一次治疗疮的药。

打青霉素容易,要么趴在床上,要么坐在高凳子上,哪个护士都能干。但换治疗疮的药好多护士换不了。一是要把疮内的脓血清出来,二是要把泡得油哄哄的纱布条填进疮口里!疮口难看,脓血味难闻。几个穿着白大褂,眉眼脸蛋儿一个比一个好看的姑娘,你看看我,我看看你,个个面有难色。

"这是战场,那是碉堡,我来!"一个姑娘噌地闪出来。

这个姑娘高挑个儿,杏核眼,瓜子脸,皮肤皙白。

"你是哪个部队的?怎么来师里看病?"

"888团一连的,参加师文艺创作学习班。"

"哪年兵?"

"去年。"

"啊,新兵蛋子。我姓常,叫我常护士吧。"

这个漂亮的常护士转着圈看我,像看一只大猩猩,又像看一个外星人。

我脸发热,心烦躁。

常护士围着我足足转了三圈,突然站住说:"新兵蛋子,你看看吧,你长得太丑,没人给你治疗。要我治疗么,"她拖着腔,"你必须依我三件事!"

她们嫌我丑!我脑袋嗡嗡的。

"第一,"常护士伸出一根纤细的手指头,煞有介事,"我比你早当四年兵,是你兵姐,你要叫我大姐!"

我点头。为了治病嘛!为了早日回坑道施工嘛!

"第二,每次治疗,互相交换一个故事。"

中。这难不倒我。讲故事是我的长项。

"第三,"常护士把大拇指、食指收回,并排伸出中指、无名指、小拇指,"无条件服从兵姐命令,听从兵姐指挥!"

常护士做皮试,注射青霉素,动作娴熟,一点儿也不疼。但处理疮口时,常护士摘下口罩一脸严肃:"新兵蛋子,这有点疼,你能忍受吗?"

呀,这姑娘长得好漂亮啊!那五官的排布恰到好处,单个看件件都是绝美的工艺品。我的心"咚咚"地跳起来。这是我有生以来第一次这么近距离看一个姑娘。"哎,没见过女人?"常护士一巴掌打在我的屁股上,正好打在刚才打针的针眼上。

"啊,疼,疼!"我慌忙掩饰,"还能疼过关云长刮骨疗毒吗?"

"小张、小王,来把这新兵蛋子绑在床上!"常护士向外间喊道。

"不中不中!"我受了辱,脸涨得通红。

"服从命令!"常护士凶神恶煞。一反常态。处理疮口,排脓血,填油纱布条儿,的确是一件技术活。常护士做得认真细致。

"你忍着点啊,你闭上眼别看。我要把你疮上的腐肉剪掉。"

"可能会疼点啊,可能会疼点啊!"常护士俯在我耳边轻声说着。她不再凶神恶煞了,简直换了一个人。

清脓——常护士用镊子夹着消毒棉球捅进疮口里,转转圈,再转转圈,然后拔出来,把浸满血脓的棉球放在白瓷托盘里。一个棉球、两个棉球、三个棉球,一会儿托盘里便有一堆浸满血脓的棉球。

……疼,咋会不疼呢?棉球在疮口里旋转,甚至左冲右突,不疼才怪哩!我额头出汗了。我脖子里、胸前都是汗。我的四肢、脸上的肌肉控制不住地颤抖起来。常护士停下手中的活儿,看看我,用白纱布擦着我额上和脖子里的汗,戏谑地说:"还说自己是关云长哩,关云长能出那么多汗?"

"你也不是华佗呀!"我还嘴硬。其实常护士早已大汗淋漓了。她脸庞、双鬓、鼻尖、下巴和脖子也早被汗水洗过了。

第二次换药也不很顺利。首先我坚持不准她们再绑我了。一个大男子汉因为一个小小的换药,被姑娘们绑了,传出去多丢人呀!

常护士眯着眼看了我两分钟:"那我们就互讲故事吧!"

我讲的是《三国演义》中的"虎牢关三英战吕布"。

常护士讲的是《红楼梦》中的"刘姥姥一进荣国府"。

二

一个疗程结束,我的疮病大有起色。疮内没脓了,疮口变小了,胳膊不肿了。外科军医说,还需要再治疗一个疗程。我说:"首长,能不能不塞油纱布条儿?""不行,填塞油纱布条儿,就是让其慢点愈合,封口早了,还要复发的。"

这时文艺创作学习班交给我的任务,我已完成了。我写了一篇散文《下连队》,是根据我亲身经历写的。"汽车在一营区门口停下,我背着背包、水壶,提着一个大网袋。那网袋里有脸盆、饭碗、军用茶缸、牙刷、牙膏之类。这就是888团一连驻地。连队营房建在山坡上。共四个阶梯般的平台,每个平台上有一排绿色板房……"

"我被分到九班。我推开门,眼前突然一亮:地板是混凝土的,床铺是木板通铺,一条条白色的床单裹着一条条褥子,铺得平平展展的,一条皱褶也没有。里边靠墙处是被子,那被子叠得方方正正,长宽高低都一样,如刀切一般。室门左边是书报架,架上有刊物报纸,右边是枪架,十条长枪威风凛凛竖在那里,三棱刺刀闪着寒光……"

说实话,我想离开学习班回连队下坑道了。原因之一,大家都知道。原因之二,我心里出现了一个"魔鬼"。不论白天还是黑夜,这"魔鬼"时常在我眼前闪现。这个"魔鬼"就是常护士。她那好看的模样,热情的笑脸,闪动的杏仁眼,银铃般的笑声,还有给我换药时那一丝不苟的认真劲儿,搅得我心神不宁!我已经二十三岁了,知道这是啥事。但我更知道……这根本不可能。我这是癞蛤蟆想吃天鹅肉——痴心妄想!人家是大城市闺女,是大干部的孩子,是军官。我是啥?山孩儿一个,新兵蛋子一个!

学习班结束了,我的两篇作品《下连队》《小淘气》通过了初审,有可能上军区出的《连队文艺》。我的淋巴疮也彻底痊愈了。离开那一天,我很想去师卫生队,向常护士告别。但我心里的那个"魔鬼",使我失去了勇气。

我远远地向着师卫生队,向着她工作的那个治疗室,恭恭敬敬地敬了一个标准的军礼!

三

我的两篇小文章在《连队文艺》上发表了。我也成"秀才"了,被师汽车队挖走了。20世纪80年代"四轮一转给个县长都不干",能当上汽车兵是上上前途。光阴似箭,日月如梭,转眼两年,我成了一名熟练的吉普车驾驶员。

一天,我在擦车,队长来了:"李希,交给你一个任务。"

"啥任务?"我立正敬礼。

"去重庆朝天门码头接一个人。"

吉普车一会儿奔驰在盘山公路上,山峰高入云端,一会儿飞驰在峡谷走廊之中。工程兵的司机到北京、上海这样的大城市,可能转不出一座连一座的立交桥,但行山路如鱼得水也!

你猜,我接的是谁?常护士!我心里的"魔鬼"!两年了,这个"魔鬼"没走!我在约定的码头岔路口广告牌下等人。一串银铃般的声音在我身后响起:"嗨,大作家,怎么是你呀?"

我的背上受到重重地一击:"这两年你又发表了三篇文章,对不对?一篇在军区报上,一篇在《连队文艺》三十期上,一篇在《东省日报》上!"

"常,常护士!"我惊慌失措语无伦次。我不敢相信自己的眼睛,不相信自己的耳朵。穿军装的常护士太漂亮、太美了。军绿色军官大盖帽周正地戴在头上,一颗金色的帽徽熠熠闪光。大盖帽下是齐耳乌黑的短发。那鸭蛋形脸庞白里透红溢着青春的气息。那笔直的鼻子,饱满的嘴唇,波光粼粼的杏仁眼……哎,这不是一名解放军女兵,这是一尊最美最美的女军神!我的心又狂跳起来!

"叫我什么?叫大姐呀!"常护士又一巴掌拍在我背上。常护士是师里选送到军医大学进修战地救护专业的,后座上堆着她的行李和书籍。

"怎么接的会是她呀?怎么会是这个'魔鬼'呀?"我心里一片慌乱。是兴奋、激动、甜蜜?还是紧张、恐慌、不安?我自己都说不清楚。

"我必须集中注意力开车!"这一点我清楚。

"大作家,"坐在副驾驶位置上的常护士扭过脸和我聊天,"最近还有新作吗?"

"队里事多,不过我想写写汽车'医生'朱班长。"我诚实地答道。

"写写我们呀,写写我们白衣战士呀!"常护士大声说。

"我不熟悉你们啊!"

"大作家你知道吗?这次海城遭台风,我们组队救援,姐妹们表现的可好了、可勇敢了、可英雄了……"

常护士激动地向我讲了三个女兵的故事。一个嘴对嘴做人工呼吸,救活了一个古稀老人。一个冒着房屋倒塌的危险,救出了两名学生。一个把自己的血输给一位临盆大出血的产妇。而嘴对嘴救老大爷的就是常护士……

汽车又爬上一个山头。哎,头顶是湛蓝湛蓝的天空,水洗一般。西边是红彤彤的太阳,太阳后边是连绵起伏的山峰。脚下是轻纱般的云彩,那云彩厚薄不一,还在流动着。山路两侧是青翠欲滴的松树、柏树、青杠树。忽有叫不出名字的色彩斑斓的小鸟"突"地从树上飞起,"啾啾"的叫声好听极了。

"大作家,多美呀!我们在画中呀,你写文章也要把这美景写上去呀!"常护士也陶醉了。

汽车又驶入深谷,谷底是一条蜿蜒曲折、水流湍急的河。抬头看,壁立千仞,偶尔有棵老松树从壁缝里伸出。那枝条、那形状,给人以感动、力量、思索……

"哎,"常护士突然嚷起来,"天怎么黑了?"

"吱——"我一脚踏在刹车板上。我认真地观察。

"不是天黑,是大黑云团来了,要下雨了!"

"常护士,坐好!下暴雨就会有山洪暴发。上个月就有辆吉普车被山洪卷走了。"

我紧紧腰带,深吸一口气,精神抖擞地操起方向盘。"吱——"我一脚把油门踩到底。吉普车像脱缰的野马一样向山梁冲去。

"减速减速!该拐弯了!"常护士把军帽摘下来,身体右倾,脑袋伸出车窗外,为我观察路况。我们成了并肩战斗的战友。

"注意注意,右边有坑!哎,前边一块大石头!"常护士脸绷得紧紧的,眼睛瞪得大大的,大声嚷着。俨然像指挥千军万马的穆桂英!

"嘎喇喇!"一声巨雷。"哗!"大雨倾盆而下。什么也看不见了。我把车停在路边。谢天谢地,如果大雨早来十分钟,我们就去见龙王爷了。

大雨下了三十分钟左右,停了。云开雾散,一轮红日西悬在前山峰间,一道彩虹横空而出。青松翠柏在夕阳的照射下金黄金黄的,煞是壮观!只有谷底传来洪水"呜呜"的咆哮声,撼动心灵,让人战栗!

我和常护士都下了车,我胡撸一把额头上的冷汗。她用军帽扇着风。我说:"我到前边看看,看路冲坏了没有。"

一会儿,我回来了,一屁股坐在路旁的石头上,声音低得像蚊子哼:"常,常护士,不好了,前边的路冲坏了。"

四

我没干什么昧良心的事呀!老天爷怎么偏偏折磨我呀。天完全黑了下来,还没有月亮。繁星倒是满天,但,不管用!我坐在正驾驶的位置上,常护士坐在副驾驶的位置上,我们近在咫尺,鼻息之声可闻。狐狸吃不着葡萄,是它嘴太短够不着。我能吃着"葡萄",但我没资格呀!当然,这是我的潜意识!我把头埋在了方向盘上,一股酸水涌上了鼻腔。

"嗨!你饿不饿呀,大作家?"常护士又一巴掌拍在我的肩头。这闺女有爱打人的毛病。今天,我已挨了她十几巴掌了。

"我……"现在我突然想起真的有点饿了。我中午吃了碗麻辣担担面,现在已是晚上九点多了。

"你有干粮和水吗?"常护士问。

"没,没有。"

"你们队长该枪毙,像你们汽车队,出车是家常便饭,每个车上都必须备有水和干粮!"常护士狠狠地说。

"不怨队长,怨我慌着上路……"

"活该我倒霉。"常护士推开车前门下了车,又拉开后门上了车。我不知道她干什么,只听到身后有窸窸窣窣的声音。"给,接着!压缩饼干!"一团东西砸在我的怀里。"这是上次救灾学校发的,没吃完。"

"哇,压缩饼干?"干干的、硬硬的、酥酥的、甜丝丝的。车队拉练时,我吃过。

"慢点吃!慢点吃!饿死鬼投生的!"常护士听出我咬得块太大,忙提醒我。

"啊,咳咳——"我真的噎着了,大声咳嗽起来。

"啪啪啪——"常护士拍着我的后背,帮我疏通食管。虽然,她不会手下留情,但这几巴掌我没有觉得疼。

吃了饼干,不饿了。但,渴了。嗨,那就忍着吧。

漫漫长夜,孤男寡女,独处深山。即便我心里没有"魔鬼",那滋味也不会好受!

常护士心里怎么想的,我不知道。也可能我是人,她是神吧。

"大作家,我们接着讲故事吧。"常护士又有声音了。

"讲什么?我还讲《三国演义》,你还讲《红楼梦》?"这时候,我最怕她讲《红楼梦》。我根本变不成宝玉呀,即使她变成黛玉、宝钗、袭人……

"不讲那个,不讲那个!"常护士的声音也有点变味了。"你说个你认为有意思的故事给我听,我说个我认为有意思的故事给你听。"

"那你先讲一个,抛砖引玉呗!"我有点耍赖,应该是我先讲的。

"好,我讲。"常护士清清嗓子,"那是抗美援朝的一次战役,我志愿军为了扎住口袋,包美国鬼子的饺子,部队拼死往阻击地点赶。有一个大个子兵,走着走着就倒下了。他不是没气了,而是睡着了。连着两天两夜的急行军他太困了。当他醒过来的时候,发现自己在一个山洞里。

那山洞里还有五个女兵。那女兵不是黄种人,是白种人,是美国人!显然他当了这五个美国女兵的俘虏。这些美国女兵也都睡着了。他枕着一个美国女兵的肚子,另一个美国女兵的双腿压在他的腰上,还有一个美国女兵抱着他的腿。瞬间他清醒了。他知道了自己的危险处境!他轻轻地轻轻地折起身,慢慢地慢慢地挪开那美国女兵的腿。然后他又慢慢地慢慢地把自己的腿从另一个美国女兵的怀中抽出来,迅速拔下美国女兵腰间的手枪,大喊一声:'不许动!统统举起手来!'美国女兵们乱作一团儿。其中一个女兵伸手拔枪反抗,'叭'被他一枪打在手腕上。美国人和中国人不一样,他们不做无谓的反抗,不会宁死不降的。投降就投降呗。他让她们用鞋带互相倒剪双手互相绑住,用一根攀岩绳把她们串起来,如长藤结瓜。牵着她们向自己的驻地走去……"

"嚯!"我喊起来,"这几个美国女兵,还真够傻的。那个大个子志愿兵真聪明!"

轮到我了,我不讲不行了。我讲了一个"塞翁失马焉知非福"的故事。

北斗七星已转到头顶了,夜已经深了。常护士说:"大作家,你睡会儿吧!你明天还要开车哩,我值班站岗!"

"常护士,你先睡,我站岗。"我是一个男子汉哪。焉能让一个弱女子为我值班站岗。

"新兵蛋子,服从命令!"常护士厉声说道。"咱们认识的第一天就'约法三章'了,你忘了?"

"是!"服从命令是军人的天职。不说约法三章,且说人家是干部,我是战士呀。如果在营区见面,我要先敬礼哩。

我真的困了,靠在椅背上睡着了。我还做了一个梦:我明确了和常护士的恋爱关系,带着她回到了万安山老家。把我爹娘喜欢坏了,把村里人惊呆了。"啧啧啧,长得真好看,像画上人一样!""呀呀呀,小嘴真甜。""还下灶房烧火烙馍,还是人家城里闺女知书达理……"

"醒醒,醒醒!"突然常护士抓住了我的胳膊。她的手劲很大,把我的胳膊都抓疼了。

"怎么了,怎么了?"我惊恐地问着。

"看,往前看!"常护士的声音低沉有力。

"啊!"我头发立即竖了起来。车前漆黑一团,但在那一团漆黑里却有十几对绿色的小灯在闪动!

"是狼,我们遇到狼群了。"常护士在我耳边低声地说。

"对,对!"我虽然没见过黑夜里的狼群,但我听我爹讲过。

我的上下牙齿"嘚嘚"地磕碰起来。我的双腿也不由自主地抖起来。脑子里一片空白。

"不要害怕李希,听我指挥!"常护士突然喊着我的名字。

常护士把身体向我靠拢,她的手抓住我的胳膊,她的嘴巴几乎贴到我的耳朵上。像指挥官一样一字一句斩钉截铁地低声下着命令。

"打开车灯!"

"妈呀!"前边路上站着十几只狼。有大个子的,也有小个子的。它们那尖耳朵,尖嘴巴里的獠牙,大尾巴,贼绿贼绿的眼睛,我都看得清清楚楚。

"关灯!"常护士又命令道。

"是!"

"开灯!"

"是!"

……

狼走了。一场虚惊过去了。我抹着脖子上的汗水,说:"常护士,常姐姐,你在哪儿学的这一手?"

我四肢瘫软,衬衣早被汗水浸透了。我不由地佩服身边这个姐姐了。虽然她比我小一岁,但她就是我的姐姐,我的兵姐姐!

我真想靠在她的肩头上喘口气,但我不敢。

"李希,该姐姐睡会儿了。记着,如果狼群再回来,你打开发动机,把油门踩到底。"

"冲上去,轧死他们!"我说。

"不,吓吓它们!你要轧它们,它们就会跟你拼命的。狼这畜生又凶残、又多疑、又抱团。如果它们和我们拼命,吉普车的帆布挡不住它们的大爪子。"

兵姐睡着了,她睡得真香真甜,鼾声细微匀称。她时有呓语,我辨不清她说什么。她的一只胳膊突然伸过来搭在我的肩上,身体也向我倾斜过来,脑袋倚在我的肩头。

我一动不动,我不忍心惊醒她。

好兵姐,你睡吧,李希给你值班放哨御狼群。我全神贯注,眼睛瞪得大大的。一点儿松懈不敢有,一点儿私心杂念不敢有。我的命贵,兵姐的命更贵。

大山里面气温变化很大。中午挑单衣也会汗流浃背,夜里穿军大衣也不会热。睡着了的兵姐显然冷了,她本能地向我靠过来,我把她的身体扶正,脱下自己的军衣,搭在她的身上。

启明星升起来了,东方出现了鱼肚白,天明了,狼群不会再来骚扰我们了。

"嘘——"我吐了一口气。接着,我就什么都不知道了。

等我再次睁开眼睛的时候,我惊呆了。太阳出来了,阳光照射在车内,兵姐正襟危坐在副驾驶座上,双手捧着一本医学书,我依偎在兵姐的肩头。我的军外衣和兵姐的军外衣都盖在我身上。我的头发挨着兵姐的头发,我的嘴巴距兵姐的脸只有一个拳头的距离。我本能地向前拱了拱,像恋人进一步亲昵……

"啪!"一大巴掌重重地落在我的胸部。"李希,记着'先立业后成家'……"

五

我坐在南去的列车窗口,窗外已是北国火红的深秋,红透的高粱一望无际,参天的白杨向我招手……

我轻声诵着自己的诗作,怀揣着军区颁发的战士文学奖证书,还有2000元奖金,奔向我深爱的人——常姐。

我已是干部了,破格提拔,是团里的文化干事。我多少算有点"业"了,我有了向常姐求爱的勇气。

常姐读研的学院在南岭州,专门研究"现代战争战地救护"的课题。常姐是烈士的女儿,朝鲜战场上那个抓美国女兵的志愿军战士就是她的爸爸。深夜山岭智斗狼群的技巧也是她爸爸做过的事。她爸妈的部队参加我国的核试验,部队在戈壁滩上多次遇到狼群,就有了对付狼群的经验。但不幸的是她爸妈均被核材料辐射了,刚过而立之年就相继患癌症去世了。她是在部队大院里长大的,爸妈的战友收养了她。

常姐来学院传达室接我。她一脸惊讶:"你怎么来啦?"

"我,我……"我的脸腾地红了,一时不知说什么好。

常姐安排我住进他们学院的招待所里。晚饭后,我们坐在房间的阳台上。

"常姐,我想给你一个惊喜。"我鼓起勇气说。

"噢?"常姐挑着眉毛看着我。我拉开行军包,取出一个做工精致的文件袋。我拉开文件袋的铜拉链,把我的战士文学奖证书双手捧着恭恭敬敬地递了过去。

"噢,这是战士文学奖证书啊!"常姐一点也不惊奇。"我早知道了。你的事师里的好姐妹早传给我了。你还得了2000元奖金,提了干,是888团的文化干事了。"

"我,我……"我出汗了。我这个农村的孩子没有谈过恋爱,也没有谈恋爱的经验。尽管我能把德国文学大家歌德的作品《少年维特之烦恼》从头讲到尾,有些片段我甚至能一字不差背出来。尽管我为她写了数首达到发表水平的自由体求爱诗,有500多行,但现在我一句也想不起来了。

"姐,"我懦懦地,"你能再靠到我的肩头上睡一觉吗?我能再靠在你的肩头上睡一觉吗?"我语无伦次。

"说什么呢李希,你没有喝酒,怎么说醉话呀。"常姐面容严肃地说。

"姐!"我不知从哪儿来了勇气,我起身绕到她背后,从后边抱住了她。

"放开,放开!李希,放开!"常姐用力掰我的手。

"你又不是没抱过我。"我小声嘟囔着。

"我是抱过你。"常姐一字一句冷冷地说,"但我是沂蒙山老革命根据地的军嫂,你是那受伤的伤员!"

我怔住了,仿佛一瓢冷水当头浇下,我猛地松开了手。

……

"呜——呜——呜——"

突然,一种我从没听过的声音传过来。我呼地站起来,东边天空一片红。

"不好!战争开始了!"我大叫起来。

"不对,是地震!"常姐拉着我就往外跑。

真的是地震,楼房摇摆起来。门已经拉不开了。电也没了。我俩赶紧躲在桌子下。桌子上的书本、瓜果滚了一地……

"救命呀!救命呀!"楼下传来一女孩子歇斯底里的呼救声。

"李希,走!"常姐爬出桌子,拉住我的衣袖。

"干嘛?"我的魂还没有回体。

"救人哪!我们是军人呢。"常姐大声说。

楼房的晃动已经停止。我俩合力踹开门。街上黑漆漆的,到处是人,影影绰绰,有的穿着衣服,有的光着膀子。"救人哪!救人哪!"呼救声来自左边的院子里。

我俩冲了进去。"人在哪儿?"常姐问呼救的女孩。

"我奶奶,我爸妈,还有弟妹都在那里边呢!"女孩哭着指着一幢已经倒塌的房子说。

眼前这一片黑乎乎的废墟,是一座老楼,上半部已经塌了。一层的楼房门开着,阴森森的像个魔窟。

常姐拉着我钻进门洞,我俩大声地喊:"有人吗?你们在哪儿?我们是解放军!"

"俺在这儿。""俺在里屋呢。""俺在床下呢。"不同的声音飞了过来,有老人有小孩。

我俩循声摸去,屋内伸手不见五指。

"噫!"我一脚踩上一个软绵绵的东西,惊叫起来。

"怎么了?"常姐问。

"我好像踩着一个人!"我忽然意识到。

"在哪儿?"

"你转过身来。"

"是人,我摸着脚了。"常姐惊喜地喊道。

"哎,这人还有气。李希,快快,把他背出去!"

"是!"我以军人的口气答道。

我也不知道从哪儿来那么大的劲儿,马上搬开压在他身上的东西,抓着他的胳膊,使劲把他拉起来。在常姐的帮助下背起他就往外跑。

我救出的是个壮年人,是呼救女孩的爸爸。很快有人把他接到安全的地方,等待救护。

我旋即又返回"魔窟"。常姐还在里边呢。"常姐,姐。"我喊着。

"往前走,不行,往前爬,快点,小心。这儿有一个老太太,一根木桩压住她的腿了。"常姐非常着急地说。

"是。知道了!"我迅速弯下腰,爬了过去。

"李希,摸到木桩了吗?"常护姐大声命令道,"你把木桩抬起来,我拉人。"

"嗨——"我用力抬起木桩。

"嘿——"常姐用力把人拉了出来。

"李希,快把老人背出去。她腿受伤了。"

"你,你也一块出来吧。"我焦急地说。余震开始了,地又摇晃起来。

"不行,屋里还有人呢!"常姐大声说。

当我第三次进"魔窟"时,"魔窟"的门洞在余震中变形了。我侧身挤了进去,大喊:"姐,姐!"

"快进来!快进来!"常姐的声音更大。这时,常姐正在奋力救两个小孩。"他们的妈妈已经死了,我刚才摸到了妈妈的鼻子,已没气了。"

"这两个孩子刚才还在喊,'解放军阿姨救救我们吧。'"常姐用手扒着碎砖头,气喘吁吁地说。

具有战地救护经验的常姐指挥着我:"李希,接砖头,把砖头扔到左边去。"

"李希,这有一块水泥板,我抬不动,你快过来。"

"李希,你用肩膀扛着这堵墙,别让它倒过来。我抱孩子了啊。"

"哇,哇——"一个孩子哭了起来。显然常姐把他抱出来了。

"李希,快快,快把这个孩子抱出去!"

"是!"我抱起孩子就往外跑。余震更激烈了,地摇晃地更厉害了。我摔了一个跟头。"常姐,你也快出来吧,楼要塌了!"我本能地喊起来。

"快,快走。这里还有一个孩子呢。"常姐大声嚷着。

"常姐!楼要塌了!楼要塌了!"我停住脚步大声喊。常姐必须和我一块出去。她是那个用爱情折磨我几年的"魔鬼"啊!她是我进步再进步的精神动力啊!我怎能丢下她!我不能丢下她!

"常虹!你必须和我一块出去!"我男子汉气十足、大丈夫气十足地大声命令她。

"新兵蛋子,服从命令!新兵蛋子,服从命令!"常姐恼了。她用起"约法三章"了。

如果,不是那特定的时期、特定的年代,我们两个又是特定的解放军身份,我绝对不会执行她的命令。

当我踉踉跄跄把小女孩抱出楼门口,整个楼房真的坍塌了。

"姐——常姐——常虹——"我发了疯似的扑向楼房坍塌的废墟上,拼命地用手扒碎砖头碎瓦块……

六

今日是南岭州地震一周年纪念日,也是我的心上人常姐牺牲一周年纪念日(我开始认定失踪,后来认定牺牲)。我决定去找常姐了!我在被窝里悄悄地数着手心里的安眠药:"一,二,三……四十七,四十八,四十九……"咦,怎么少了一片?应该是五十片呀!病友们说攒够五十片,一次吞下去就大功告成了。我在床上摸呀摸呀没摸着。我又在自己的衣兜里寻呀寻呀没寻着。咦,这嘴里是什么?我用舌头裹住品味儿。唔,是安眠片的味儿。我赶紧吐出来。不老怎么糊涂了,什么时候把安眠片放进嘴里了?俗语:想死还不容易?跳楼、跳水、手抓高压电线、撞汽车、卧轨。但这俗语不适合我。我因上呼吸道感染注射链霉素,患了链霉素中毒眩晕症。我不能走动,一走动就天旋地转。我双眼变成了玻璃镜子,双眼里的蓝天白云、山川河流、绿树红花、男女战友、门诊楼住院楼都随着我脑袋的上下左右晃动而同步晃动。我问野战医院的业务院长:"我患的什么病?"有博士学位的年轻院长回答:"链霉素中毒眩晕症。""多长时间能治好?""时间可能要长一些。你大脑前庭平衡神经坏死了!"昨天还生龙活虎一蹦三尺高,今天就趴下了。没人搀扶刷不了牙、洗不了脸、上不了厕所、走不到饭厅……我在军区野战医院享受一级护理。我一天服三次药,输两千毫升药液。这些药都是排毒、营养恢复神经的好药。然而半年过去了,我的病情并未好转。我想自杀了。我现在是一个废人了。我活着纯粹是别人的累赘!我一辈子要别人搀扶着过日子,活着不如死了好!就是我的首长战友和远在家乡的爷奶、爹妈、兄妹一时想不通,时间长了,会想通的。他们会觉得我的决定是正确的。

实事求是地讲,我是当今这世界上最最倒霉的人了。一年前我心爱的常姐牺牲了。我哭哑了嗓子哭干了眼泪。是我和空军救护队的军医把常姐送上飞机的。常姐怀中的小孩子安然无恙,但常姐受了重伤,浑身上下都是血,脑袋肿得很大,呼吸细如游丝……

如果不是首长和战友们安慰,如果不是军政治部首长交给我一项艰巨光荣而又伟大的任务——编纂一套革命英雄谱。我会随常姐而去……

但天有不测风云,人有旦夕祸福;闭门家中坐,祸从天上来。

半年前,链霉素中毒眩晕症又缠上了我……

我按了床头的呼叫器,想以失眠为由多要几片安眠药。

团团脸的白衣护士小周快步走来:"首长,要我为您做什么?"

"今的安眠片发了没有?"

"发了发了,是我发的。"小周护士声音甜笑脸更甜。

……

窗外艳阳高照,玫瑰花盛开,百灵鸟唱着悦耳动听的歌。病房内光线充足。白色的墙壁、白色的天花板、白色的病榻、白色的床头柜……护士们正在开班前会。护士长那清脆响亮的声音阵阵传来……

我一仰脖子把五十片安眠药吞了下去……

七

"……人最宝贵的东西是生命。生命给予他只有一次,人的一生应当这样度过:当他回首往事时,不会因虚度年华而懊悔,也不会因碌碌无为而羞愧……"

"……这是哪里来的声音?这是谁的声音?这声音怎么这样熟呀!"我自杀未遂,我被转到野战医院的上级医院大军区总院治疗了。不知是安眠药过量的缘故,或还是其他药物的不良反应,还是精神作用,我的病情加重了。我又多了一个症状——双目失明了。

"……这里是小城的边缘。宁静而肃穆。松林发出低低的声响,复苏的大地正发出略带腐臭味的春天气息。为了那些出身贫穷、生而为奴的人们过上美好的日子,兄弟们勇敢地献出了自己的生命。"

"保尔的手慢慢地从头上摘下帽子。悲痛,巨大的悲痛充满了他的心房。"

"人最宝贵的东西是生命。生命给予他只有一次,人的一生应当这样度过:当他回首往事时,不会因虚度年华而懊悔,也不会因碌碌无为而羞愧;临死的时候他可以说:我的整个生命和全部精力都已献给世界上最壮丽的事业——为人类的解放而斗争……"

这不是苏联作家奥斯特洛夫斯基的著名长篇小说《钢铁是怎样炼成的》里边的内容吗?这是小说的主人公保尔·柯察金回到家乡在烈士墓前的独白呀。这部小说是一部伟大的革命小说,我反复读过,有些章节甚至能背下来。这部小说中的主人公保尔·柯察金的革命精神感动过我、激励过我……

"'节前来过我家补考的人,全站起来!'一个样子虚胖,身穿教袍,脖子上挂着一个沉重的十字架的人,气势汹汹地扫了一眼学生们……"这是《钢铁怎样炼成的》第一部第一章的开头。

这是哪里来的声音?这是谁的声音?这声音怎么这样熟呀……

唔,这是常姐的声音!常姐的声音!

"常姐——常姐——"我失声喊起来,从床上一跃而起。

"醒了!醒了!"病房里一片欢呼声。

……

"阿尔乔姆,我想把我经历过的种种告诉你。除了你,我大概不会对任何人写这样的信。你对我是了解的,而且每句话你也能理解。在为健康而斗争的战场上……"

这是我第十五次听常姐朗读《钢铁是怎样炼成的》了。"常姐没有牺牲!常姐还活着!"我断言。常姐是南方人,她的半普通话半南方话的声音特别好听。她朗读文章时抑扬顿挫的节奏,我记得清清楚楚。她的声音时而铿锵有力,时而像流水潺潺。我敢说,常姐朗读《钢铁是怎样炼成的》的声音,是世界上最最好听的声音。我问身边的护士,她们说："不认识什么常姐,这儿没有姓常的老兵姐姐。这读书的声音是录音机里播放出来的。录音机是老院长拿来的,说给您解闷的。"

"莫非这不是常姐的声音?"世上模样相似的人很多,声音相似的人也很多。临和常姐告别的时候我问空军军医:"常姐有救吗?"女军医摘下口罩吐出两个字:"难说!"地震后我到师医院打听常姐的消息,军医和护士们均摇头。我借采访的机会又到南岭州军医大学寻问,教授和学员们也摇头。我还到地震烈士陵园里查墓碑,没有常姐的名讳。陵园负责人说很难查出来,因为还有数百座无名墓哩。我认定常姐牺牲了。她为救我们的小接班人英勇地牺牲了。她死得伟大光荣。她是真正的中国人民解放军战士。她是人民英雄。她就长眠在那无名烈士的墓群里呢!这天上午服了药挂上吊针,我又在听录音机。《钢铁是怎样炼成的》的情节是引人入胜的。书中的主人公保尔·柯察金的性格我还是很敬佩的。我不如保尔·柯察金。但在听的过程中我特别注意朗读人的声音。我要再甄别甄别她是不是常姐?尽管世上相似的东西很多,但世上绝对没有两片相同的树叶。如果你认真寻找还是能寻到差别的。我仔细辨别"师"字。普通话"师"是第一声,但常姐常读成四声。我纠正多次,她也改不过来。普通话"尺"字是三声,她读成一声。常姐读书的声音里时而有"沙沙"的音质。她儿时患过支气管哮喘……

"是常姐读的!常姐还活着!常姐没有牺牲!我要见院长!"我歇斯底里地吼叫。

两鬓斑白的老院长来了。他拉住我的手摩挲着,许久,说:"李希同志,你给我出了一道难题啊!"

常姐没有死,地震夺去了常姐生孩子的权利,还在常姐那张好看的鸭蛋形的脸上刻了一道八公分长的疤。一个月来我听的《钢铁是怎样炼成的》朗读声就是常姐的声音。常姐每天晚上读一章,第二天由护士们放给我听。师医院对我封锁消息,南岭州军医大学对我封锁消息,均是常姐所为。我链霉素中毒,住军区野战医院治疗,吞安眠药自杀,常姐都知道。把我转到大军区总医院治疗,也是常姐请求的。常姐现在是大军区总医院的医办干事。我提出来见常姐。院长摇头说:"小常不见你。小常让我告诉你:你链霉素中毒,大脑前庭平衡神经坏死,要彻底恢复到以前的状况是不可能的。但这并不是说你没希望了,你有希望。你的眼睛和四肢可以代偿你那坏死的平衡功能。但这需要你锻炼。这不是一般的锻炼哪!我们医院治愈过你这样的病人。他们现在都在工作岗位上……"

我又提出来见常姐。

院长抚摸着我的头说:"你应该明白小常为什么不见你……"

"明白,我当然明白……

"常姐——常姐——"我顿足捶胸号啕大哭。

……

我一根筋的脾气上来了。我坚持要见常姐。否则,拒绝治疗。

这是一个星期天,阳光明媚空气新鲜。我还在熟睡中。"尼古拉·奥斯特洛夫斯基,苏联著名的布尔什维克作家。自他的小说《钢铁是怎样炼成的》问世以来,他就和书中的保尔·柯察金一道,成了世界上千千万万有志青年的楷模……"

那熟悉的朗读声又在我耳畔响起。这声由小到大由远而近……

"咦,这声音里怎么还含着热气和芳香?录音机是不会放热气的呀。这是从哪里来的热气……芳香芳香……呀,这是护肤霜的香味呀!这是常姐常用的护肤霜的香味呀……

"姐!"我突然转身扑到了常姐的身上。虽然我看不到她,但我能感觉到她就在我的右边。

"姐！姐！姐！"我大声喊叫着,紧紧地抱着她。我浑身颤抖泪流满面:"你活着为什么不告诉我呀！"

常姐双手捧着我的头,大滴大滴的热泪落在我的额头上……

八

"新兵蛋子李希——"

"到——"

"常首长命令你从现在起端正治疗态度。你双目失明,不是药物所致,而是精神所致！从明天起,药物治疗方案不变,但要加上康复治疗了。康复治疗是长期的辛苦的,可以说是痛苦的。她要求你架双拐走直线,拄单拐走直线,丢掉拐杖走直线！常首长过去是你的首长,今天仍然是你的首长。你必须服从首长的命令！新兵蛋子李希,能做到吗?"

"能——"我使出吃奶的气力。

以后每天晚上,常姐都来陪我做康复训练。星期天节假日更不用说了。康复还真是一件痛苦的事。我记不清摔了多少跟头。

常姐记得。她说:"有三千三百三十三个！"

今日是我和常姐的金婚纪念日。我和常姐领养的儿子的儿子都十二岁了。我们祖孙三代欢聚一堂。

我突然觉得常姐比年轻时还美丽……

神机妙算"小诸葛"

一

万安山上有三家石子厂。工商局注册：万安山虎兴石子厂、万安山豹兴石子厂、万安山狼兴石子厂。阴历每月初一、十五，三家石子厂都到万安山顶祭山神。狼兴石子厂厂长狼娃儿是从越南老山前线死人堆里爬出来的，不迷信、不敬山神，但他阻止不了老爹、老娘、媳妇敬山神。今天例外，狼娃儿主动陪老爹、老娘、媳妇到万安山顶敬山神了。

万安山神庙，何时修建无从考证。残碑记载明万历、清康熙有过修缮。新碑记载二〇〇一年修缮一次，耗资五十万元人民币，请洛阳邙山古建队做的活。钱是山周边企业和善男信女们捐的。狼兴石子厂捐了一万元。洛阳邙山古建队活做得不赖：慈眉善目的山神爷重塑金身，还披上枣红色的棉布条绒衣袍，庙宇墙壁上重绘了山神爷的德行功绩，山神爷面前的长一米、宽三十公分的大香炉是洛阳牡丹石雕刻的，雕工精细，上部有镂空，儿女墙样。

狼娃儿一家来到庙里，太阳刚露红脸儿，他们占了第一。他们从竹篮里取出供食，一碗小米饭油炸丸子，一碗油炸豆腐块，一碗红红的胡萝卜片，一碗绿绿莹莹的菠菜，中间一个大陶瓷盘，盘里装着一尊红烧的龇牙瞪眼的大猪头。狼娃儿和爹娘、媳妇摆上供食后，爹娘、媳妇依次虔诚地上香、烧纸、撅屁股作揖、下跪、磕头许愿。

爹说："山神爷！保佑我儿子狼娃儿的石子厂产量高、石子销售快、米石不积压。"

娘说:"山神爷!保佑我儿子和他的工人们安安全全,不碰破一块儿皮,不见一滴红。"

媳妇说:"山神爷呀!保佑俺老公把每天赚的钱都交给俺,把'公粮'也交给俺……"

该狼娃儿拜祭山神爷了。狼娃儿一本正经地对爹娘、媳妇说:"我以前没有敬过山神爷爷,今儿我要把以前亏欠的补上去。你们该去哪里看景色就去看,不准叫我起来……"

狼娃儿今天祭山神爷特意换了行装,白衬衣红领带,西服革履,头发涂了油,锃光闪亮,苍蝇都落不上去。狼娃儿紧紧腰带,弹弹裤脚,捋捋领带,开始祭拜山神了。狼娃儿第一步一揖到地,第二步缓缓地跪在圆形跪垫上,第三步用打火机燃香、插香、燃香箔、烧香箔,第四步连叩三个响头,第五步双手合十放在胸前,双目紧闭,口中喃喃许愿:"山神爷呀,初十我们就要打擂争夺夹河滩米石市场了。您老神仙知道我狼娃儿和兄弟们的武功不及虎娃儿、豹娃儿,所以我想打擂时带上我家祖传的拳刺暗器……"

太阳升起来了,气温升高了,万安山顶披上了金色的衣裳。山周边村子里的善男信女们都陆续来山神庙上香许愿了,虎娃儿石子厂、豹娃儿石子厂的家人们也来了。山神爷面前有三只圆跪垫,狼娃儿占中间一个,其余两个后边的香客排成队了。虎、豹石子厂的家人也在队列里。石子厂的供食丰盛,四碗一猪头;善男信女们的供食简单,有糖果、点心、油条、水煎包。他们供食少香箔少,许愿简单,占时间少。狼娃儿祭山神姿势虔诚,许愿的声音时高时低。高时邻人能听见,低时只有他自己能听见。他虽然占用了一个圆跪垫,但人们不埋怨,平时不来敬山神,今儿该多跪会儿!这会儿,狼娃儿祭山神的声音高了:"山神爷呀,初十我们就要打擂争夺夹河滩米石市场了……"

二

　　世上有很多怪事。石子厂老板打擂争夺市场是其中之一。中原嵩山少林寺这一带一千多年前就有打擂争夺状元、美女、山头、土地、码头、市场的事情了。石子厂老板争夺的是偃县夹河滩米石市场。夹河滩是东河西河中间的一块滩，是两条河水经年累月冲积形成的。有三个乡，十几万人口，二十多家传统的钢筋水泥空心板厂。他们生产的产品大多销往洛阳各建筑公司。凡是开石子厂的老板都知道石子厂的利润就是生产的五毫米至一公分的小石子，俗称米石。这米石占总产量的四分之一左右。其他的一公分至二公分石子，二公分至三公分石子，三公分至四公分石子用于修铁路、公路、工民建龙骨支柱，紧俏货呢！所以销售米石是各家石子厂老板的重中之重！打擂争夺米石市场是这一带的武风民俗传统。夹河滩三个乡的领导、村民们也热衷于此项活动。三个乡各出两位领导组成打擂争夺石子市场委员会。三个乡还各准备了垫场戏。垫场戏就是打擂开始前的宣传、鼓动、造气氛的活动。正月初十这一天到来了。居三乡中间的那个乡的沙石、黄土石灰搅拌轧成的三合土大广场上，彩棚招人惹眼。彩棚两侧的红旗迎风飘飘，猎猎作响。三个乡的垫场戏成掎角之势已经开演。

　　东乡的垫场戏是三班唢呐班子吹《百鸟朝凤》。这三班唢呐班子实际是兄弟三人一家一班。他们家吹唢呐祖传数代了。他们三兄弟的爹曾参加过志愿军慰问团，到朝鲜上甘岭坑道给志愿军的英雄们表演过《百鸟朝凤》呢。他们祖传的吹奏唢呐技艺确实不错。他们用嘴吹，用鼻孔吹，吹长管，吹短哨，配手形，吹出了无数只的鸟叫，悦耳动人，和真鸟叫声无二。

西乡的垫场戏是踩高跷。十对脸上涂着重彩的青年男女,上穿花红半长褂子,下穿柳绿灯笼裤,两只脚下各踩一根一米高的腊木棍。两根腊木棍上有环,脚在环里固定着。手中没支撑物,脚下一米高的棍子,棍子实际是脚或者鞋,棍子上的戏装打扮的男男女女走路、跑步、蹦跳、跳舞,潇洒自如,姿态优美,是项技术活呢。这项技艺不是祖传的,是村传的,是该村的一项绝活。相传多少年了,谁也不知道,至少有两百年了。村里人引以骄傲,代代有师父、徒弟,从娃儿教练。

中乡的垫场戏是狮子舞板凳。狮舞是中国传统的民间杂耍技艺,遍及大江南北。但嵩山这一带的狮子舞板凳独具特色:披着大脑袋、大眼睛、大嘴巴、大尾巴雄狮皮的两个狮舞者,用嘴巴叼起一条条板凳,垒起两丈高的台子。每条板凳上都坐一小伙子,手抓板凳腿,起固定作用。狮舞者在台子的最高处做雄狮扑食、雄狮亮鞭、雄狮跳涧、雄狮长啸……末了,还把板凳一条一条卸下、抛下……该村的狮子舞板凳声名远播,去年还去北京参加过国庆典礼呢。

三支武术队来了。他们三家队员各着自家队衣:虎皮色,豹皮色,狼皮色。队长挚队旗,旗上虎、豹、狼绣图。观看的老百姓让出一条路,掌声冲云天。各队队员冲两边乡亲们行抱拳礼。三个乡演垫场的演员亮出绝活:奏《百鸟朝凤》的三兄弟及搭档们摇头晃脑,吹着最好听最高音的曲子。高跷队艺人们一脚棍拄地一脚棍后伸,排成一队,上身则臂臂环扣。煞是好看。狮舞者则前者持狮头骑在后者的脖子上,后者直立……

"我宣布,打擂开始——"

"第一场,虎队对豹队——"

"停——"

"我们是县公安治安大队的。"

"我们执行公务——"

"检查每个队员是否执行比赛规则……"

"第一条，不准带暗器——"

……

三

狼娃儿虽然武功不及虎娃儿、豹娃儿，但狼娃儿是上过五年解放军大学校的人，还参加过对越自卫反击战，在老山战场上智捉敌舌头，立了第一个三等功。因善于用谋，战士们称他"小诸葛"。狼娃儿虽然是初中学历，但读古今中外军事书籍没有问题。狼娃儿这几年读了不少军事书籍。中国的《孙子兵法》、外国的《论战争》，以及不少军事著作。尤其开石子厂以来，读得更勤认真，并且运用实际之中，成功数次了。这次又是一次成功——县公安局治安大队长率领警察在虎娃儿队、豹娃儿队队长及队员的身上搜出了暗器：鞋尖绣花针、袖箭！"首恶必办协从不纠"，两家队长虎娃儿、豹娃儿进了公安局看守所——组织指示队员暗藏凶器，预谋伤人。罪名不小呢。

现在是社会主义新时代，社会安全稳定第一，传统比武争霸习俗公安局不能干预，但非常重视存在不安全、不稳定因素呀。即使狼娃儿不打匿名电话，不举报虎豹两队可能带暗器上擂台，县公安局治安大队的警察们也要牺牲休息时间来擂台现场维稳呢。

现在狼娃儿忙着呢。忙着和夹河滩二十多家钢筋水泥空心板厂的老板签订春天米石供货合同呢。虎豹两厂的老板进了县公安局看守所，没有月儿四十天出不来。

头没了，生产自然停了。虎豹两厂去年老用户的石子自然供应不了了。现在正月十二，过了元宵节各板厂就要进石子了，过了正月二十就开机生产了。板厂老板们着急了,结队来到狼娃儿石子厂办公室,争先恐后订立供货合同……

好一个足智多谋的"小诸葛",也不过用了《孙子兵法》里"无中生有"之小小计谋嘛。

正月十七,天刚刚亮,狼娃儿组织的送石子的车队已整装待发。十台前四轮后八轮矿用运输车已装满了米石,盖好了篷布,发动了车子。前四后八矿用运输车斗高、斗长,平斗一车装六十吨石子,十车六百吨。一天运两趟,一千二百吨。太美了,太叫人兴奋了!狼娃儿今春一共订了五万吨石子合同。现在山上库存一万五千吨,正月二十开机再生产三万五千吨没有问题;运输更不是问题,一天运走一千二百吨,每月除去十天修车保养及雨雪天,两个月就运完了。

"啪!啪!啪……"狼娃儿点燃了万支头浏阳河牌鞭炮。

"嘀——"十台汽车同时鸣大喇叭。

"开始了——下山了——"狼娃儿和山上的农工师傅、汽车司机师傅们齐声喊道。

从山上到县乡公路有三公里农村生产路。生产路是土路,坑坑洼洼的。司机们一档行进,重载嘛。狼娃儿坐在第一台车副驾驶上。他掏出一盒甲级黄金叶香烟,弹出两支烟,一支夹在耳朵上边,一支叼在嘴里,用打火机燃着,又熟练地把燃着的香烟插在司机的嘴里,说:"曾师傅,这搓板路慢点开,上了县乡道放快点,赶在交警上班前过火神庙交通岗!"

交警是货运车的爷,超吨罚款!

不超吨运输车主不赚钱……

"吱——"车子猛地一颠一歪。前轮进泽窝儿了!狼娃儿有经验,他开门下车细看。我的老天爷呀!车前五米宽的路面上全是一个接一个的水洼。春灌了,小麦春灌跑水了。

"调料厂装载机下山修路!"狼娃儿用对讲机通知山上石子厂生产主管。用三零装载机挖沟、排水、清除稀泥、垫石碴,不难……

午前顺利交了石子,中午狼娃儿在中乡镇上洛阳水席餐馆请板厂老板和众司机们饱餐一顿。司机不准喝酒,老板们敞开喝,趴下几个,狼娃儿重任在肩没喝趴下。下半晌车队到了山上米石库。狼娃儿安排,三零装载机装车,司机们在农工们的床铺上休息两个多小时。司机五点多钟在石子厂大灶上吃晚餐,晚餐除红烧豆腐熬菜外,另加两个煎蛋。六点多,太阳沉山,夜幕拉开,繁星满天。狼娃儿招呼车队司机发动车。"放心稳稳地开,我们还必须等到火神庙交通岗下班,过交通岗……"

好如意的算盘呀……

"老板,前边又有泽窝儿了!"司机一个急刹车。把心装到肚里的狼娃儿有点犯困,他迷糊了。

"泽窝儿早晨已经治了呀!"迷糊中的狼娃儿睁开了眼,车大灯前一片泽窝儿,大灯光射到泽窝儿水面上闪闪发光,怪刺眼哩!

狼娃儿开门下车了。刚才迷糊乍醒,一时脑子反应不过来,现在他清醒了:早晨治的那段泽窝儿路是土路的起始处,现在面前的泽窝儿是五百米处。

"调装载机修!三零铲车修水坑,手到即拿……"狼娃儿又操起对讲机。

装载机下山了。装载机手技艺高超,三下五除二,路通了。

"走!"狼娃儿跳上车大声下达命令。

狼娃真是累了。上车就又迷糊着了,还打起了鼾声。

"吱——"司机又一个急刹车。因车速高,狼娃儿的前额磕在挡风玻璃上。

"老板,又有泽窝儿了!"

"装载机上山了没有?又有泽窝儿了!"狼娃儿再次操起对讲机。

装载机来了。泽窝儿又填平了。狼娃儿心生疑团,往年小麦春灌都在阴历二月二龙抬头之后,今年怎么提前了?而且渠道跑水厉害,把旁边的路淹了!谁都知道用豫水灌溉网的水浇地要付人民币呀,水网管理员按流量、时间收费,不便宜呢!

"走,咱们到前边看一看!"狼娃儿跳进装载机斗里,对装载机手说。装载机轮胎大牙大不怕泽窝儿。狼娃儿一直看到土路终点,"啊呀呀——"大喊一声。

出山那三公里土路两边绿油油的麦地是自己的手下败将虎娃儿所在的生产队的地!虎娃儿现在还在看守所里,肯定是虎娃儿的家人、族人按照虎娃儿的安排做了手脚……

三岁小孩儿都知道,九队二十多户人家今晨不浇麦子,狼娃儿就能痛痛快快、顺顺利利运米石,实施供应夹河滩米石市场的合同。三公里与路并行的渠水,用分段堵截提高水位、水漫麦田的灌溉方法,水不会漫到路上的。因为水是钱买的,浪费水就是浪费钱!还有,水漫路影响正常交通,事主要负责的,要安排人工机械排水垫路呢!三岁小孩儿还知道,这一定是虎娃儿的家人、族人故意引水上路的……

狼娃儿,就算你是当兵的出身,熟悉古今中外的兵法,还有双战功,可你用《孙子兵法》"无中生有"歹毒的方法,夺了虎娃儿的夹河滩米石市场……

虎娃儿岂能不报此仇?

夜浓如墨,北风呼啸,陈旧雪籽击脸。狼娃儿裹着自己从部队带回来的军用大衣,在一别墅门前等县网灌主任。狼娃儿要拜访网灌主任,他小学时的校长。他左肩右斜的军挎里装着送给老师的礼物——两瓶特制慰问老山前线将士的茅台酒！这两瓶有特殊意义的茅台酒，是离队时团首长送给功臣的。狼娃儿舍不得送人哩。但狼娃儿没有办法呀，只好忍痛割爱了！狼娃儿把第二趟米石送到目的地之后，安排司机明天停运一天，每人车弥补损失二百元。他回到村里先找村长，村长躲而不见，后找九队队长，九队队长躲而不见，再后拍九队各家的门，门门不开！最后狼娃儿想到了儿时的校长，今天的网灌主任！都怨老校长了，你干嘛提前放水春灌？过了正月放水也不晚嘛！二月二，龙抬头，是个好日子哩。但去拜访老校长不能空手，师生如父子呢。带什么礼物？两条甲级黄金叶烟，轻了。两条软中华，一千多块钱，有行贿受贿嫌疑……最后狼娃儿想到了特制茅台酒！好心疼啊，狼娃儿从柜里取出特制茅台酒，用红绸布擦擦，放到鼻子尖处闻闻，看有无漏气，又摇摇晃晃，举到电灯泡处，看有无沉淀……炮声隆隆，枪声如爆豆，战友杀声震天，狼娃儿擎着血红的战旗冲在最前边。狼娃儿第一个冲上无名高地，解放军的战旗在无名高地迎风招展！战斗结束连里为狼娃儿请第二个三等功。狼娃儿流泪了……

夜里十点了。老校长还没回来。这老爷子干嘛去了？开会，有可能。老同学聚会，有可能。下乡视察，有可能。但他今晚回家是一定的。师娘厉害，不准他夜不归宿！市里、县里集中开会学习另当别论。今天，元宵节刚过，市里、县里没有开会学习。这是狼娃儿的战友说的。狼娃儿累了，坐在黄河二五零摩托上。他是骑黄河二五零摩托来的。他有一辆从旧车市场买的北京二一三吉普，当厂里工具车用，拉拉炸药、面粉、青菜什么的，但不灵活、费油、目标大。狼娃儿真的累了，昨天到今天他一共休息了四个小时。他趴在摩托车驾驶把上睡着了。风更大了，天上还飘起片片雪花，加之房上、树上往日陈雪，狼娃儿一会就变成了雪人……

"小伙子,醒醒!你是哪里来的?是来找我的吗?怎么在摩托车上睡着了?恁大的风雪……"一只大手拍在狼娃儿的肩头上。

"老校长!"狼娃儿忽地睁开了眼,直起身子。他想下车来,但他下不来了。他的双腿冻僵了。

温暖的客厅里,雪亮的日光灯下。老校长认出了他的学生周万山,越战英雄、人民功臣,他引以为骄傲的优秀学生……

狼娃儿喝下老校长泡的姜糖茶,缓过劲儿来,先问老师玉体可安,再问师娘是否还像当年一样好看,接着说他们村的春灌能否推迟半个月——他正履行合同运石子呢。

老校长呷一口姜糖茶水呻吟片刻说:"往年你们村用水都是二月二,今年你们村九队队长要求提前,说他劳力在广州干工程,小麦春灌完了,马上出发呢。"

狼娃儿捧着热姜糖茶杯子,两眼望着老校长,目光里满是乞求、哀求。他心里说,老校长,他们骗您呢。他们是报复我呢!这话他只能在心里说。

"这样吧。"老校长把含在口中的姜糖水咽下去,"你是企业,签下供货合同不易。九队长说的也是事实,况且人家预缴了水费。你让我考虑一下,和九队长沟通一下……能否推迟十天放水……"

老校长有态度了,虽然含糊,但夜深了,狼娃儿该告辞了。临行前他把军挎包摘下来放在沙发腿处。狼娃儿给老校长敬军礼,出门关门,谢绝相送,转身发动摩托车。天冷,摩托车需要预热几分钟。

"周万山,慢走!"老校长掂着狼娃儿的黄军挎包跨出大门,"老师不喝酒,不,老师不能喝你这功臣酒!"

"功臣酒就是给老校长喝的!"狼娃儿迈腿上车、挂挡、加油门。老校长是读书人,读书人是有脾气的,如果追过来,肯定把酒还给自己。

"咕咚！""不好！"天黑路滑不辨路径，摩托车滑到了。狼娃儿被弹出一丈远……

四

狼娃儿受伤了。是皮外伤，没伤着骨头。但整个脑袋除眼睛、鼻子、嘴、耳朵都裹上了白纱布。真难看！真滑稽！老爹说，因祸得福吧！你不挂彩，你老师也许不管你的闲事哩！今儿是开运第四天。供货地西乡。各乡各地都要平均供货，不能影响板厂生产。西乡是首次供货，狼娃儿坚决带队，谁劝也不听。他说别看我脑袋上缠得花哨，实际是轻伤，轻伤不下火线啊！早晨八点钟，狼娃儿的运米石车队到了青皮村。青皮村南北长两公里多，是个历史名村，县乡路从村中穿过，是狼娃儿运石子的必经之路。狼娃儿和司机们在村南头小吃店吃早餐，一人四个火烧两碗老豆腐。店老板说，老板，吃了快走，卸了车快回！晚了就隔在北边了！狼娃儿不明白，递给店老板一支甲级黄金叶烟。店老板说，村长大人办大事哩，老爹三周年，爹娘合葬，立碑，三喜呀！准备请县剧团唱大戏，请北山和尚做法事，开一百席……

"啊？"狼娃儿手中的火烧掉在地上了。狼娃儿是本地区人，他知道本地区办这种事的规矩：首先需要在街道上搭几个彩棚，唱戏一个，做法事一个，吃酒席一个，迎客人收礼金一个。家中室内也有几张桌子，那是长辈、内亲、乡村政府领导用的。这种气势规模没有七天不收场……

昨天还风平浪静，今儿突然狂风大作飞沙走石，这肯定有特殊的原因。狼娃儿一调查，他清楚了。是现在还关在看守所的豹娃儿所赐，青皮村村长是豹娃儿的干爹。老村长架不住豹娃儿的娘和媳妇儿哭哭啼啼的诉说，答应替干儿子报这"一箭之仇"！本来青皮村村长的大事应在十天之后办，但为了给干儿子出气，决定提前了。他是一村之长，手下肯定有一帮兄弟，提前十天办大喜事、借桌子、板凳、彩棚、订县豫剧团、请北山寺庙和尚做法事、南岭石雕厂做石碑，都不难！只有一件事老村长一定搞不定——修造父母的陵园！但他现在还没有发现，他脑子正热呢，信誓旦旦要给干儿子报"一箭之仇"呢。北半县有名的阴阳先生早就看定了村长爹娘的合葬地，那是北山坐北朝南的一山坳，山坳前还有一条前年修的豫水灌溉网大渠，渠水清清，浪花朵朵，长年不断。山坳后边是一扇高岭……帝王之休息处，风水宝地啊！但此山坳花岗岩结构，不用炸药雷管平整不出坟场，尤其中间三块房屋大的凸石。那就用炸药雷管呗，不成，三十多米外有灌渠，灌渠管理局明文规定，一百米内不准爆破。爆破会引起渠身变形渠底裂缝……

　　白云遮月，北山坳有三个人在青皮村村长的坟场干活。头上裹着白色纱布、手提二十多公斤重的汽油内燃机油钻的是狼娃儿，蹲在地上制作膨胀药管的是狼娃儿石子厂的大炮工，用一铁锹清理炮口的是二炮工。汽油内燃机油钻突突作响，钻头啃石头产生的火星儿，与旁边灌渠哗哗的流水声，及灌渠上飞来飞去的萤火虫，还有这三位月光下劳动的身影组成了一幅极品水墨画……

　　手提二十多公斤重油钻的狼娃儿腰酸胳膊疼，脑袋上的伤口也在隐隐作疼，但他心里乐开了花。"老天爷是我狼娃儿家的，哼！"精通爆破技术的狼娃儿知道，青皮村村长父母坟场平整的活儿只有用汽油钻钻眼儿、用膨胀炸药爆破、用挖掘机啃。狼娃儿还知道方圆左近会膨胀爆破技术的只有自己。这技术是在部队上学的。狼娃儿算定，今天晚上或明天早上青皮村村长雇的做坟茔的农工，甚至村长自己会登门拜访自己的。狼娃儿和上次一样安排人车休息，一天补助二百元。一天出两千元和占有米石市场，前者算什么！但吃过晚饭狼娃儿又有了新主意——主动带人帮老村长平整坟场……

一步高棋。无愧于"小诸葛"称号！

一辆白色面包车戛然而止。几道强光手电光柱照在狼娃儿三人身上。

"谁？干啥哩？"

"村长老叔，我，万安山的狼娃儿。"狼娃儿停下手中的活儿直起腰来。

"你在这儿干啥？"青皮村村长听清楚了，是夺自己干儿子市场的坏小子，气不打一处来。

"帮村长老叔平整坟地呀！"狼娃儿听出对方不友好的态度。他没恼，反而上前敬上一支甲级黄金叶烟。

"用不起你大老板，我有工人师傅！"青皮村村长从牙缝里挤出字来。

"老叔，这活儿还是让老侄儿做吧。你问问你的工人师傅们，他们做得了吗？"狼娃儿仍然一副笑脸。

青皮村村长把脸转向农工们。

农工们低了头。

狼娃儿趁势又把烟递上，满脸笑容说："老侄儿年轻不懂事，如某些方面有些得罪，您大人不记小人过。但修伯娘的新家，老侄儿该尽一份孝心哪。何况这工程活儿，你请来的兄弟们也做不了……"

"狼老板说的对，是是是！"农工们连连点头。

青皮村村长闭上眼睛足足思考了十分钟。干爹干儿情分，老爹老娘的坟茔，孰轻孰重？明摆着哩！

"你小子厉害，这几年兵没有白当，我听你安排！"青皮村村长伸出了手。

"办事日子后推半月，伯娘的活儿我做好，不收您工钱！"

狼娃儿也伸出手来。

五

商场如战场。狼娃儿以自己的聪明才智一举拿下了夹河滩米石市场,麻利地组织车队供货,挫败了对手虎娃儿的春灌反击,又挫败了对手豹娃儿的堵路反击。现在坐在副驾驶位置上的狼娃儿春风得意,摇头晃脑,唱着古装越调剧《收姜维》中诸葛亮的一段戏,"一支将令往下传,马岱将军听我言,自从你兄弟归了汉……"

狼娃儿,你高兴得太早了!

"老板,您看——"前四后八运输车又一急刹车。

前边潮河大桥上插满了红旗、黄旗、绿旗,旗上字迹清晰:偃县县乡公路管理处! 桥中间停着挖掘机装载机运输车。

该桥早该加固大修了,因资金问题才拖今春实施。按一般规律应在出正月,现在提前十几天——甭说又是自己对手使的坏!

唉,这社会呀,实力、法律、人际关系"三马"并行,有时实力决定一切,有时法律决定一切,有时人际关系决定一切……

狼娃儿没费多大劲儿就调查清楚为什么提前修理大桥了。

虎娃儿豹娃儿在监号里同居一室。开始两个人谁也不理谁,后来因寂寞或生活所迫说话了。但话不投机还动手了,不是打架而是比武功功夫。掰腕子、拳碰拳、倒立、一指禅! 第三天他们开始交流石子厂生产管理经验,但避而不谈比武带暗器话题,那是耻辱啊,小人作为啊。第四天他们得到消息,夹河滩米石市场归狼娃儿了。他们冷静了,认真回忆比武前前后后的细节,他们清醒了——他们中了狼娃儿的"无中生有"之计了……来而不往非礼也,于是他们反击了,春灌反击仗是虎娃儿打的,堵路反击仗是豹娃儿打的。县乡公路管理处修桥断路之计,是"一招致死"的计策。这计策是虎娃儿豹娃儿商量了一夜,共同想出来的。他俩说这是对《孙子兵法》的发展——三十七计也!修此桥用五百吨一公分至三公分石子,两家各出二百五十吨。不收一分钱……

县乡公路管理处得了个大便宜,不就提前十二天进场嘛!

狼娃儿,别实施供货合同了,一边歇歇吧。绕行供货多出八十公里,运费高了去,脚比牛还大……

关隘已经设立,这趟石子送到了,明天送不成了!

狼娃儿怎么办呢?狼娃儿石子厂所有人和司机们都坐在狼娃儿的办公室里。坐在办公桌子上的狼娃儿猛抽一口烟,把剩下大半截烟扔到地上,跳下桌子用脚踩灭。

"向前向前向前,我们的队伍向太阳……"狼娃儿突然吼起了军歌。

"向前向前向前……"大伙儿也不由自主跟着吼起来。

在老山前线血与火里滚爬过的战士岂能怕打仗?兵来将挡水来土掩,白天你厉害夺了我的阵地,晚上我一个反冲锋再夺回来!狼娃儿所在的偃县有一百一十一名战士参加了对越自卫反击战。十九名壮烈牺牲,二十二名留队,七十名复员还乡了。这七十名老山战友组成了联谊会,并在民政局登记注册了,年年聚会一次,有合影照片、通讯录。狼娃儿现在要求战友们帮忙了。

狼娃儿给联谊会会长的BB机上发了一条长信息,说明了情况。一条腿丢在老山战场的会长回狼娃儿BB机:"明天答复。"

第二天会长回话了。有解决问题的方法了,但有一个附加条件,今年清明节会长和两个副会长要代表全县七十名越战战友去越战前线老山烈士陵园给十九名牺牲的战友扫墓。狼娃儿出两万元费用……

上午八时,狼娃儿准时来到县法院立案厅。他要起诉县乡公路管理处。状子是他的一位有律师证的战友写的。立案厅年轻英气的法官翻阅着狼娃儿递上来的资料说:"老板,能不起诉吗?你去县乡处找找他们领导嘛。他们明显做得不对,你签约在先嘛!"狼娃儿苦笑了一下,说:"我当然知道真理在我这边。但这中间有内幕,有文章呢,不走法律程序弄不成事!"

"走法律程序你要交一千多块钱诉讼费呢!"

"这个我知道。"

"材料齐全,误工赔偿计算合理,所提其他要求也合情合理。但您是起诉政府管理机构,您等等,我请示一下领导。"

半个小时后,年轻英气的法官回来了:"老板,对不起。领导指示,此案问题明了,不难解决,不予受理。"

狼娃儿把这一情况反馈给会长。会长回复:"他们官官相护,法院不想得罪县乡处。你等着,下午两点钟,我太太送给你一军挎东西,你送给法官就是了。"

下午两点会长太太送给狼娃儿一只军挎。那军挎已洗得发白,上面绣有"老山英雄连"和会长的名字。

年轻英气的法官打开洗得发白军挎包,眼睛瞬间睁大了:十九本烈士证书!会长的一封信:人民法官,真理在我战友这边,看在我十九位长睡在老山烈士陵园的战友的面子上,受理此案吧。今年清明节战友狼娃儿出资两万元支持我们去老山烈士陵园给长睡在那里的战友扫墓……

六

狼娃儿的库存米石今天再运一波就完了。库空了,把库清整清整就可以开机生产新米石了。狼娃儿现在米石仓库旁站着。他今日西服革履,红色领带耀眼,头发涂了油,苍蝇都甭想落上去歇脚。他从怀里掏出银白色烟盒,叭地打开,用嘴叼出一支软中华,燃着,用力抽了一口,然后又轻轻地吐出一串烟圈。平时他可舍不得抽软中华牌香烟,一盒六十多块钱呢。他今晚打算在大嘴镇真不同酒店宴请运输车司机呢。昼夜不停运石子,司机兄弟们辛苦了。他该请司机们吃红烧肉喝老杜康酒,抽顶级香烟,然后再洗个澡,兑兑账,每人预支几千元……

"花木兰羞答答施礼拜上……"腰间 BB 机叫。狼娃儿看 BB 机屏幕:"狼娃儿,车在王屯轧住狗了!"

"蛋子事,赔狗主二百元,继续前进!"

"是猎狗,人家要十万元!"

"啊,遇见孬人了?"

黄河二五零摩托车如箭,十一公里十分钟。王屯大街中间一大堆人,一辆前四后八运输车被围在中间。狼娃儿利用在部队练就的穿行术,很快挤到了车前。车前左轮处躺着一条狗和一个人。狗趴在地上,脑袋扁了,血肉模糊,一滩鲜红鲜红的血。人侧卧着,一只胳膊搭在狗腰部哭喊声噪耳:"我的心肝宝贝呀,你走了,我也不活了,你白天上山为我捉兔儿,夜里给我看门护院,你死了,我咋活呀?啊啊啊啊!不中,谁轧死我的心肝宝贝,谁赔我十万块钱!啊啊啊啊……"

狼娃儿走近一步。躺在狗旁边的人光头、胖脸、大肚子,块头也不小,颈部有刺青。他身上脸上、胳膊上也有血,不过那不是他的血是狗血……狼娃从怀里掏出一盒甲级黄金叶香烟,弹出两支,燃着,一支叼在自己嘴角,一支恭恭敬敬递到大块头嘴边,大声说:"爷儿们,抽支烟,有话好说!"躺在地上的大块头肯定是烟鬼,他鼻翼翕动两下,但嘴不张。狼娃儿一愣,继而自嘲一笑,把黄金叶烟捏灭,夹在自己耳边,迅即从怀里又掏出银白色烟盒,叭地打开,弹出一支软中华香烟,燃着,递上去:"哥们儿,抽这个!"狼娃儿虽然是老板,不缺抽烟的钱,但平时他都抽甲级黄金叶烟。中华烟兜里有,那是给长辈、政府管理人员和贵客抽的,今天兜里的中华香烟是给立了大功的司机兄弟们抽的。大块头闻到软中华香烟的香味儿了,情不自禁张开嘴。"吱——"大块头狠狠地抽了一大口!突然他"呸——"把软中华香烟吐掉了,转身又把胳膊搭在死狗的肚子上:"我的心肝宝贝呀,你走了,我也不活了,你白天上山为我捉兔儿,夜里给我看门护院,你死了,我咋活呀?啊啊啊啊!不中,谁轧死我的心肝宝贝,谁赔我十万块钱!啊啊啊啊!"

狼娃儿站起来了。他眉头蹙了几下,转身出了人群。大车司机是他远房堂兄,喊:"狼娃儿!"

"我去撒泡尿!"狼娃儿抬腿上了摩托车。

狼娃儿拐进旁边一斜街。斜街冷冷清清,可能人们都去正街上看石子车轧死狗的热闹了。咦,迎面来了一倒剪双手的老爹,狼娃儿迎上去:"老先儿,那石子车轧住谁家的狗了?"

老爹眨眨眼,摇摇头。

左边门楼内走出一位赤红脸的中年男子。狼娃儿停下车,从怀里抽出一盒已拆开的甲级黄金叶烟递过去。刚才忘给老爹敬烟了,缺礼,狼娃吸取教训。"大哥,那石子车轧死谁家的狗了?"赤红脸的中年男子伸手接烟盒,抽出一支,突然又塞进烟盒,冷冷道,"不知道!"

狼娃儿继续慢慢向前行。这街道不短呢。右边门口一长条青石板上坐着一位俊俏少妇,少妇怀里奶着一小宝宝儿。狼娃儿又驻足:"大妹子,小宝宝长得真好看。大妹子,那石子车轧死谁家的狗了?那狗主人是这村的吗?"

"那狗俺不认识,那死胖子……"少妇突然改口:"你问别人去!"然后转身进门关门。

狼娃儿愣住了。一股旋风吹过来,狼娃儿闭嘴闭眼闭气。

"花木兰羞答答施礼拜上——"狼娃儿腰间 BB 机又响,并且是连续几次。狼娃儿心正烦,不理睬它!

连续问三人不得结果,说明这里边有问题。狼娃儿要改变战术了。

"这是谁家的石子?"狼娃儿在街尽头发现一大堆石子。狼娃儿把摩托车停在一边,伸手抓起一大把石子。

"吱吱吱——"大门开了。一壮年工匠闪出门。他手里提着皮尺、水平仪、工匠铅笔。

"工程师,您盖后上房呀?"狼娃儿从门洞里看到后边正在工作的地基处理机械。

"是。老弟,您贵干?"

"您这石子质量差,太花了,有列疆夹层。"狼娃儿用嘴吹着手中的石子说。

"是。不过这是亲家送的,不要钱,也能用。"工程师实事求是。

狼娃儿把手中石子丢到石子堆上笑着说:"您是建筑内行,我知道,但盖后上房,应选一级清一色的大青石石子,百年大计呀……"狼娃儿说着又从怀里掏出甲级黄金叶烟敬上,"工程师,我叫狼娃儿,是万安山石子厂厂长,我有事相求,您能如实告诉我,我送您两车大青石石子……"

出事现场更乱了,围观的人越来越多,大块头仍然在吼。狼娃儿拨开众人来到车前。人们已经知道他是石子厂厂长了。大块头睁开一只眼,吼的内容变了:"我的心肝宝贝死了,我也不活了!赔我十万块钱!不赔我十万块钱,你大厂长的大石子车就从我身上轧过去……"

狼娃儿已经胸有成竹了。这降服大块头的计谋是他在斜街调查研究之后形成的。虽然他贴了两车石子,心疼了好大一会儿,但他十分清楚——舍不得孩子套不住狼啊……

瞧,狼娃儿在实施自己的计谋呢。

狼娃儿又燃着一支软中华香烟,蹲下递到大块头嘴角,万分和气地说:"哥们儿,抽上,软中华,咱中国最好的烟!"

　　大块头摇着头,吼声更大:"赔我十万块钱,咱两清。要不,你大厂长的大石子车就从我身上轧过去!"

　　狼娃儿微微一笑,拍着大块头的肩头,声音更加和气,含有乞求的味道:"哥们儿,起来吧,给你一千块钱,你不亏!"狼娃说着从兜里掏出一整捆银行打包盖章的十元面额人民币放在大块头手里。

　　大块头又睁开另一只眼一瞥,眨三次眼,闭上了,吼声歇斯底里直冲云天:"一千块钱想打发我?不中不中!十万块钱,少一分你大厂长的大石子车就从我身上轧过去!"

　　狼娃儿"生气"了,真的"生气"了。他脸涨红了,他把一千块钱举过头顶:"老少爷儿们,你们评评理,我石子车轧死一只柴狗,我赔他一千块钱,他不干,要我赔十万块钱!这不是讹我吗?"

　　"谁、谁、谁讹你了,我的心肝宝贝儿一天能给我逮两只兔子,夜里还看门。今年初参加县里斗狗比赛还拿了名次哩,得了奖金哩,还有奖状哩!赔我十万块钱,少一分你大厂长的大石子车就从我身上轧过去!"大块头吐字清楚,伶牙俐齿,声音洪亮,地球那边的美国人也能听见……

　　狼娃儿遇到恶魔了,是最最恶的魔头。

　　狼娃儿的计谋中有这样一环节,能和平解决,不使"杀手锏"!但就目前的战场势态,狼娃儿决定用"杀手锏"了。

　　狼娃儿一屁股坐在地上,把手中两支已燃着的软中华烟齐叼在嘴里,狠命地抽。好烟啊,狼娃儿平时舍不得抽。烟火一明一暗,连续燃烧。狼娃儿的两只鼻孔如两个向外喷着烟的烟筒……

　　红红的烟火烤着狼娃儿的嘴唇。狼娃儿呸地吐掉烟蒂,一跃而起,心说:"哥们儿,你敬酒不吃吃罚酒,我狼娃儿要用杀手锏了!"狼娃儿弹弹屁股上的尘土,拽拽衣衫,紧紧大红领带,紧紧腰带,用手指梳梳自己涂了发油的头发。突然,狼娃儿拉开石子车门上了车!

狼娃儿坐在驾驶位置上。

"咔——"狼娃儿扭动了车钥匙,发动机转动,发出轰轰的声音。狼娃儿又一脚踩油门到底,发动机加速,轰轰的声音震耳欲聋。整台车身都颤抖了。狼娃儿摇下车窗玻璃,把头伸出车窗外大声喊:"哥们儿,我狼娃儿的命也不值十万块钱!你走不走?要走,拿上一千块钱赶紧走人!不走,我狼娃儿就从你身上轧过去,然后我去派出所投案!"

"大不了一命换一命——"

……

虎娃儿豹娃儿出县公安局拘留所了。事情不小,没出恶果,交了罚金,写了检讨,住够法律规定的天数,出来了。虎娃儿和豹娃儿两人在月前还是商场上的竞争对手,经过一个月的监号生活,两人成了兄弟。两人真的在号子里扒堆磕头成八拜之交了,虽然按村里排辈他俩是爷孙!在他们所住的地区不知什么时间出现了一个新风俗。他们把蹲号子叫作上大学,出号子叫大学毕业。既然是大学毕业,亲朋好友自然要庆祝一番!庆贺的宴席是在县城最高级的嵩山饭店旋转餐厅办的。虎娃儿和豹娃儿两家约定在同一饭店请客,各出百分之五十费用。饭店有三十个席位的大圆餐桌,不多不少正合适。他俩现在恨死狼娃儿了。他们想千刀万剐狼娃儿。他们绞尽脑汁想出了一个复仇计划……

可惜,王屯很有名气的地痞、绰号小霸王的怕死。他认为他的命比隔三代的老表两千元赏钱值钱。他捡起地上狼娃儿的那一千块钱,抱起用一百元钱买的又灌了一瓶杜康酒的可以抱回家炖着吃的死柴狗连滚带爬地走了。

"花木兰羞答答施礼拜上……"狼娃儿的 BB 机又连续响起。这次狼娃儿看屏幕了:

"老板,大桥口事故解决了。我给了小货郎一百元。"

"老板,李村街碰瓷的小无赖同意我给他买一条中级黄金叶烟!"

"老板,我答应给小双排货车主两车石粉,并把他的车拖出马路沟。他纯粹讹我的,我没挤他!"

"老板,你真行。你制服了王屯小霸王,这儿家找事人都怂了!"

……

七

"虎爷,不,不对,哥……"豹娃儿一瓶白酒下肚,舌根发硬,"小弟太笨了,我出的张士贵主意太臭了,还贴上一只狗一瓶杜康酒!"

"孙子,不,不对,小弟,你的主意不臭。你老表把醉酒的狗横在狼娃儿飞速而来的石子车前,不简单哩!还有买狗、给狗灌酒,也办得干脆利索。关键是,关键是,狗日的狼娃儿玩命,谁也怂啊。愣的怕横的,横的怕不要命的啊……"

爷孙辈的虎娃儿和豹娃儿自监狱结拜后就以兄弟相称了。

"哥,咋办呢?咱兄弟俩不能吃这个亏呀!杀父夺妻不共戴天,狼娃儿夺咱们米石市场咱们也必须与他不共戴天!"

"等等,让哥想想,狼娃儿玩命,玩命……"

这个战役,狼娃儿又打胜了。狼娃儿打了几个胜仗了?出五关斩六将,击鼓三通斩蔡阳了!

今日是结算付款日。按合同条款供货百分之六十付百分之五十货款。狼娃儿骑着黄河二五零摩托车到各板厂结算,因为供收双方都有准备,结算顺利。狼娃儿收了少量现金,大部分货款走银行账户了。狼娃儿回厂需翻一座山。狼娃儿上了盘山公路,公路左边是山右边是深沟。狼娃儿骑到山顶,下车撒泡尿,擦擦汗,燃支烟,喘口气。狼娃儿抬眼望,忽见红日西坠,晚霞满天,而脚下群山小,村庄片片,炊烟袅袅。狼娃儿心想这些天自己一个胜利接着一个胜利,不由自主哼起了歌……

"下山啰——"狼娃儿扔了烟蒂,用脚踩灭,抬腿上了摩托车。下山路三公里多,有缓坡有陡坡。缓坡可滑行,陡坡要踩刹车呢。缓坡滑行很轻松,狼娃儿惬意地哼着歌。进入陡坡了。驾驶技术熟练的狼娃儿踩刹车。哎,没有刹车了!再踩,仍然没有!重力惯性加速度,摩托车前后轮飞速旋转,速度越来越快……

"他娘的,刹车失灵了!"狼娃儿浑身一个激灵,头发都竖起来了。"下山没有刹车,这是老天爷要我的命啊!"狼娃儿的大脑一片空白,但只空白了一分钟,马上清醒了。"这不是老天要我的命!不,不是!肯定是虎娃儿、豹娃儿在我的摩托车刹车部件上做了手脚!自己结账多次人车分离,坏蛋们尾随作案是有机会的……"狼娃儿双眼环睁,双手紧握摩托车把,双臂绷紧。左拐右拐,绕过一只尖石,又绕过一个坑……摩托车的速度七十迈,八十迈,九十迈……狼娃儿在选择着脱险的地方……

路旁有一个上坡,他决定拐上去……不行,坡太短……

又出现一个长坡,不行,坡中间有一棵苦楝树……

摩托车速度一百迈,一百二十迈,一百四十迈……

右前方是九龙角水库。水库很大,水很深,鱼儿又大又肥。修建的时候狼娃儿的爹娘都参加了,爹打夯,娘铲土……

狼娃儿决定跳水库——有没有风险?有,风险很大……

但还有别的生路吗?

军人出身曾在老山战场上纵马挥刀冲锋陷阵的狼娃儿大吼一声:

"跳——"

突然面前竖起一张渔网！不是一张，是三张叠在一起！

……

九龙角水库渔民的三张叠在一起的渔网拦住了狼娃儿和他的摩托车。那三张渔网是虎娃儿、豹娃儿、狼娃儿的儿女们租用渔民的。救人一命，胜造七级浮屠，渔民又得了钱，何乐而不为？渔民还帮着三个年轻人固定渔网的钢绳。

原来虎娃儿、豹娃儿施毒计的事被家人泄露了。消息传到在海南经济开发区淘金的虎娃儿的儿子、豹娃儿的闺女、狼娃儿的儿子耳朵里。三个年轻人不敢怠慢，同乘一架飞机回来拉架……

三位刚吃二十岁饭的年轻人在海南开发区新近共同注册了一个科技股份有限责任公司……

"摆设"书记

一

"支部建在连上",在解放军连队党支部书记说了算。但在地方企业里总经理说了算,党支部书记——摆设而已,在以家族为基础的私营企业里更是如此!不过,在特殊时期,这"摆设"书记还是必须有的。

瞧,午夜两点了,万安山石材石料厂的党支部会还在召开着。党支部书记马玄用柴草棍捅捅自己的鼻孔,"阿嚏阿嚏!"精神来了,站起来说:"后半夜了,该睡觉了。我把大家的发言归纳了三条:第一,老板出车祸了,现在市医院重症监护室,命悬一线。我们是这个企业的共产党支部,我们必须站起来,帮助企业渡过难关!第二,我们不要计较老板及农工们对我们的轻视,说我们是摆设。我们要记住我们入党时在党旗下的宣誓!第三,按刚才说的分工:栓铁哥负责厂里的资产设备不受损,栓铁哥是老村治保主任了,有三十年了吧,有治保经验。王七、马五你俩明晌午到市里火车站坐 KMM 次列车去 H 市投标。我明早八点赶到县建行门口……"

马玄躺下,鼾声刚起,鸡便叫了。马玄骑上自己改装过的非常结实出路永久牌自行车上路了。他家距县城四十多里呢。还好,马玄七点五十分来到建行门口。门一开,马玄便挤进来:"师傅,我是万安山石材石料厂的支部书记马玄,我厂的厂长出车祸进市医院重症监护室了。我来通知你们——把我们厂的账户冻结了!!"

柜台内传出一娇嫩清脆的闺女声:"书记同志,不用冻结了吧,账户内只有一百元了!"

"闺女瞎说,我们厂账户里有小十万块钱呢!"

"昨天天黑下班前,你们厂里慧慧会计取走了九万八千块钱。她说她老板出大事了,需用钱……"

"扯淡!"

马玄懵了。他非常熟悉他们厂的会计慧慧。慧慧复姓司马,小模样相当漂亮,歌唱得好,舞跳得好,一双会说话的大眼睛,笑起来特别迷人。她是老板八竿子远的亲戚,高中毕业没考上大学,毛遂自荐来厂当会计。司马慧慧很聪明,很快掌握了流水账、分类账、银行账记法。本来嘛,个体企业记账简单,一月只需出一份资金平衡表。实事求是,老板收留她,有贪色的意思。半年后他们便同居了。老板有发妻,是爹娘包办的娃娃亲,过门三年了,没开怀,他爹娘睁一只眼闭一只眼。马玄转身奔商都小区。老板和慧慧在此小区住。防盗铁门紧闭,邻居说慧慧拎包出门一个钟头了。慧慧肯定回娘家了。慧慧娘家在千岭,马玄去过。马玄又抬腿上了自行车。所谓岭实际是东西向的山脉。马玄骑车到山脚,把自行车藏在灌木丛中,弓腰大步沿羊肠小路爬山。马玄是山里长大的后生,爬山速度快,很快他就看见身材苗条的司马慧慧了。

"慧慧——"马玄双手握成圆筒放在嘴边喊。

司马慧慧本能地答应:"唉——"

"你等等我。我是你马叔——"

"啊?俺的娘哟!"慧慧转身便跑。她知道马玄书记来找她的目的。她把装钱的提兜儿往怀中一抱,快步向山顶爬去。

马玄很快就追上慧慧了。跑山路慧慧不是马玄的对手。

"慧慧,把钱给我!你不能这样做!老板生死未卜,你不能这样做!"

"马叔,你想歪了。我取这钱是送医院呢!"慧慧把额头上的刘海儿甩到右侧,闪着美丽动人的大眼睛说。

"胡说!我去过医院了。老板治疗费是肇事方付的……"

"马叔等等,俺要方便!"慧慧说着扭身钻进路边的灌木丛。

神仙土地管不了屙尿放屁。马玄从兜里掏出一支自制卷烟卷,用打火机燃着,猛抽一口又赶快用脚踩灭。山林防火牌子在眼前呢。马玄甩甩胳膊踢踢腿,又大声咳嗽几声,又连续几次深呼吸,恢复恢复体力……

"噫!慧慧该完事了吧?"

"嗯,再等等。女人事多!"

"嗯,该出来了。一支烟工夫了……"

"不好……"一种不祥之兆闪进马玄的脑际。

"慧慧——"马玄大声喊着冲进慧慧刚才闪进的灌木丛。

"啊?!"马玄的眼镜瞪圆了:灌木丛丈远的地方是一面石坡,石坡下面有一条羊肠小道……

马玄来不及多想。顺着慧慧逃跑的踪迹追。追到小路的尽头,马玄止步了。慧慧上大路了。大路上车如流水马如龙。慧慧极有可能搭顺车回家。马玄在路边水泥墩上坐下来,他需要冷静冷静。他掏出自制烟卷点着。这儿不是山林,允许抽烟。马玄过着烟瘾,脑子没闲着。这是思考问题的习惯。他在思索如何追上慧慧呢……

"就这样吧。"马玄把最后一个烟头踩灭又起身沿来路向山上爬去。马玄是在这山里长大的,这里的地形山貌他不陌生。他心说:"慧慧搭便车回她家要转十六拐呢,要多绕二十多里路。我从山顶滑坡下去,定能在出山口堵住她!"

"慧慧站住!"马玄在出山口看见了慧慧。

"啊,鬼!"慧慧跳下小货车,正为自己的杰作得意呢,不想背后一声吼。

慧慧一哆嗦,怀里钱兜儿落了地。

慧慧年轻,思维敏捷,她弯腰拾起钱兜儿一溜烟儿入了左边的山林。

山林有野生林、有人造林,松柏高耸郁郁葱葱,抬头看不见天,低头是松塔、柏籽、厚厚的腐叶,带有霉味的清凉芳香味儿的森林空气直钻马玄的鼻孔。"慧慧站住,我看见你了!"马玄说的是实话。他看见慧慧的花裙子了。

慧慧不理马玄继续往山林深处跑。

"呀——"慧慧惊叫一声。一片桃园出现在慧慧眼前。桃花盛开,姹紫嫣红,小鸟在枝头唱歌,蜜蜂在花蕊上采蜜……

马玄手拨藤条疾步追来。他也看到了这深林处的桃园。世外桃源人间仙境啊。马玄撸一把脸上的汗水。蓦地,马玄的全身一阵酥麻——

马玄不仅看到了灿烂夺目的桃园桃花,还看到了桃园里倚桃树干而立的慧慧。慧慧背靠桃树干,手挽桃树枝,树枝上的鲜花半遮她的脸盘……慧慧的脸盘显得更加妩媚动人了。更使马玄不能自持的——慧慧花衬衣的纽扣全解开了。慧慧的两只胖胖的、挺挺的、大蜜蜜大胆地对着天空、远山、树林、马玄……

马玄的身体禁不住发抖,牙齿咯咯响,下身的那个也长个儿了……

马玄是男人,四十出头,不爱美女是假的。不仅马玄,世上所有的男人都如此!实事求是,马玄十分喜欢慧慧的姿色,那双会说话的大眼睛,那红嘟嘟的小嘴儿,那百翎鸟般的歌声,那得体的腰肢……马玄白天无数次偷看过慧慧的倩影,夜里梦见过慧慧……

"马叔,来呀!俺知道您喜欢俺……"慧慧娇滴滴的声音传来。

"马玄,冲!"

"马玄,冲上去!"

"马玄,你是不是一个血性男儿?"

……

马玄没有冲上去,而是后退了。

"慧慧,你听着!我是喜欢你,偷看过你好多次,夜里还梦见过你。你比我孩儿他娘强一百倍。能和你办真事,我死了都值!但现在我不能那个你,咱老板还在市医院重症监护室里!咱们工厂还得办下去!国家和咱方圆左近的老百姓需要咱们的石材石料厂办下去!我是中国共产党党员,是这个厂的党支部书记。我们共产党人必须为老百姓、为国家负责任。所以,这钱你不能拿走。这钱要投入咱厂生产、周转、农工家庭应急……"

马玄甩出一串硬邦邦的话。

……

二

李栓铁是石材石料厂的守场人兼过磅员。农村工厂的工人白天在厂里干活,夜晚都各自回家了。只有过磅员李栓铁留在山上厂办公室里看护厂里的机械设备及车辆。李栓铁是村里的老治保主任,非常负责任、坚持原则。石料厂在他的护卫下数年没丢失一件东西。李栓铁爱听戏。他儿子给他买了一部高性能收音机,每天晚上他背着收音机巡场,抱着收音机睡觉。收音机里几点几分到几点几分播放戏曲他门儿清。他在收音机里听了不少豫剧、曲剧、越调戏。《继业归宋》《两狼山》《十二寡妇征西》《大破天门阵》《破洪州》《穆桂英挂帅》《辕门斩子》……李栓铁尤喜听有关宋朝大忠臣杨家将内容的戏。有些台词他还能唱下来。这天晚饭后,繁星满天,微风习习,李栓铁巡厂一周,又在门口石墩上听了一吹《杨宗英下山》便睡了。老板出事了,人心惶惶,山上财产安全更加重要,不能有丁点儿马虎。他计划早睡一个小时,夜半再巡一次厂。李栓铁和衣而睡,而且做好梦了。他梦见孙子了,孙子在青海当兵,立了三等功,县武装部敲锣打鼓送立功喜报来了……

"咦,什么响?"老治保主任李栓铁长期养成的职业习惯,他的耳朵特别灵。他侧起身仔细听。不仅有嚓嚓的响声,还有叮当的响声。是山狼野狐串门来了?不对,还有人的放屁声!李栓铁抓起床头的鹰嘴大砍刀,哗啦啦推开了门。

"把东西放下来!"李栓铁大吼一声。李栓铁不敢相信自己的眼睛。他面前黑压压一片人,每个人手里都有东西,那都是厂里的资产:风钻、油钻、橡胶车轱辘、小型气空压机、十六磅锤,还有电机……

"老保卫,你还不知道吧?咱们的老板出车祸嗝屁了,老板的小媳妇卷钱跑路了,咱们厂完蛋了,厂里还欠俺们工钱,俺们来弄点东西,能少赔一点是一点!"

"老保卫,老板还欠你不少工钱吧?你叫你儿子来拉他几车石子吧,券石也值钱!"

"真是鬼主意!你们把东西放下!"李栓铁登上一块大石头,"你们听我说几句……"

李栓铁说:"老板出事我知道,至于老板现在有气还是没气我不知道!但我知道咱们的厂垮不了。咱厂里有共产党支部呢。咱们的党支部书记马玄已经安排好了,他去追款,王七、马五去H市投标……"

"哈哈哈!"人群爆出笑声。"老马能把款追回来?恐怕他现在正在美妞肚子上耍狮子呢……"

"哈哈哈!"

"哈哈哈!"

"……"

"是谁满嘴喷粪？找打！"两个身影出现在山腰。

马玄和慧慧刚回到县城就听说了民工哄抢厂产的事,雇车上山了。

鸡叫头遍,天尚早。马玄说服乡亲们放下所抢的东西回家睡觉。啥时间开工,两天之内吧。

马玄把慧慧安置在厂办公室内间睡觉,自己和老保卫李栓铁挤在一张床上。这老保卫李栓铁是老土改干部、老共产党员。马玄十分尊重他。马玄睡不着,如果后天开工,要做许多准备工作呢。虽然炮工是石材石料厂的龙头,只要炮放好,什么运输呀,机口吞料呀,机器粉碎呀,成品分类入库呀,还有券石切割呀,一顺百顺！但以前马玄只管放炮,其他单元的事他不管,现在他要做总瓢把子,统帅全局,还真有些生疏呢。他坐起来,打开灯,展开纸烟盒,嘴里嘟囔着,用铅笔写道:切割工大料工二十五名,人够了。小料工四名,缺一个。机修工媳妇生孩子,自己顶上。过磅员,老保卫……

老保卫李栓铁折起身:"小料工叫我外甥顶上吧。他中学毕业在家等通知,锻炼锻炼这臭小子！"老保卫李栓铁也没睡着。关键时期,他这个老共产党员睡不着啊。

"嘀嘀——"料场传来喇叭声。

"突突——"五零大铲车的排气声。

"咕咕——"还有半挂车的鸣叫声。

"不对劲！"老保卫李栓铁呼地跳下床,操起床头的鹰嘴大砍刀,出了门。

马玄也跟着出了门。

料场手电筒灯光闪烁,汽车大铲车车灯雪亮。还有人声:"退！再退！好！"显然有人在明目张胆地偷运厂里的券石、石料！

"停——停——"老保卫李栓铁跌跌撞撞向料场奔去。

马玄紧随其后。马玄手中没有鹰嘴砍刀,但有一根一米多长的水钻钻杆。

"啊,小郭子,你吃了熊心豹子胆了?竟敢开着大铲车大汽车偷我家的东西!"老保卫李栓铁看清楚了,来偷券石、石子的是镇上的万安山加油站站长郭二蛋。

郭二蛋是万安山镇第一大加油站。郭二蛋讲义气、有能力黑白两道通吃,他的生意特别好。不管油价高低,不管市场如何变化,他的油站价格不变,可以赊账。所以,别的油站门可罗雀,而他的油站车如流水马如龙。老板的车队是郭二蛋的老客户,一个月或一季度清一次账。老保卫李栓铁长郭二蛋三十岁,称他小郭子。郭二蛋也答应。毕竟老保卫李栓铁是老土改干部。

"啊,保卫老伯,你还在山上呀?你们老板嗝屁了,你还不扛部油钻回家去?到天亮你连根毛都摸不着了!"郭二蛋高嗓道。

"胡嘞嘞!我们老板还活着呢。"老保卫李栓铁伸手给了郭二蛋一个拐脖儿,当然是玩笑式的。

"那小三慧慧大美人呢?听说她把你老板银行款卷走了?"

"慧慧会计?你问我们支部书记!"老保卫李栓铁指着身后的党支部书记、大炮工马玄。

"啊,马大书记!还是叫马大炮工合适!你这个个体厂子里的党支部书记啥家不当,完完全全是个摆设!不说个体企业,就是国企也一样!"郭二蛋戏谑地说着递上一支大中华香烟。

"不敢抽,你的烟太贵了。说说你现在的行为吧!你是在犯罪啊!"马玄铁青着脸。

"也可能不符合法律条条,但到天明,你老板欠我的十八多万元就泡汤了！"

"哪有那么多？我厂每月赊你油款没超过十万元！"老保卫李栓铁更正。

"你老板在信用社货款十万元是我担保的！他嗝屁了，这账我不还谁还？"郭二蛋一字一句地说。

"我还！"马玄前跨一步拍着胸脯。

"……"郭二蛋瞪大了眼睛。

马玄激动地说："老板出事了，老板的企业不能倒。这老板的企业注册是老板个人的，但我认为它是国家的，共产党的，咱们周边老百姓的！不是吗……"

"所以，我们这个企业里的党支部决定领着大伙继续生产……"

"噫……"郭二蛋受感动了，多半盒大中华烟甩过去："接着，点着！马大炮工，不，马大书记，你说是那样说，但领一个石材石料厂不是容易的呀！首先是资金问题……"

老保卫李栓铁接茬："马书记已把慧慧追回来了！"

"还有周转资金、工人工资、我的油款……"郭二蛋扳着指头算数。

"三个臭皮匠顶个诸葛亮！我们支部有六个党员呢……实在过不去，我还回老宅和爹娘住，把我的新四合院卖了……"马玄贴到郭二蛋耳边小声说。

"再不够，我也搬到儿子家住，把我的老宅也卖了！"老保卫李栓铁人老耳不聋，他听见了马书记的话，紧跟一步抓住了马书记的肩头，并靠了上去……

三

马玄连收两封电报。

"速来。"

"你不来,我们没有投标资格。"

怪了。还有这事?投标资质、委托书、公章、法人章全有,以前资格审查全合格,今天怎么了?工厂要开工,马玄要做大量的准备工作,确实走不开。但市场第一,且这是大市场,省里要在H市建水力发电站……

马玄权衡再三决定去H市一趟。

马玄太累了,一上大巴车便睡着了。马玄人睡着了,脑子没闲着,一个黄粱美梦接着一个黄粱美梦!还真是黄粱美梦呢。他梦见他们万安山石材石料厂开工了,炮声隆隆,大块大块的荒料石满场满坡。炮工们欢呼雀跃,这一场子荒料石起码有两千多立方米,够切割机、碎机器吃十天半月的。他梦见大电机飞转,切割机颚式锤式粉碎机满负荷工作,机器工作时发出的响声清脆悦耳,如贝多芬的交响曲。他梦见他来到H市,在投标书上潇洒地签上自己名字马玄,主席台后边大屏幕上便显示出万安山石材石料厂中标的字幕。他还梦见他老邻居、老同学灵芝了。灵芝在玉米稞深处叫他:"玄哥,玄哥……"但他双腿似灌铅,怎么使劲也迈不出去。他大喊一声:"嘿——"

马玄醒了。心砰砰乱跳,冷汗直往外冒。灵芝是他青梅竹马的恋人一点儿不假,但灵芝爹为给儿子成家,把灵芝送到山南给灵芝的哥哥换回一个媳妇来。灵芝和马玄虽痛心无比、寻死觅活,但还需服从现实。不过灵芝嫁到山南,日子过得不好,一次砍柴坠落山涧死了……

咦,四周怎么黑洞洞的?伸手不见五指?这是哪里呀?自己不是在去H市的大巴车上吗?马玄怀疑自己的神经出了问题,他用右手掐掐自己的左手,疼!又用左手掐掐自己的右手,疼!他判断自己是坐在地面上,地面是平的,是三合土地面。他站起来向前走,咦,脚踩到了什么东西,软软的。他弯腰捡起,是一只提兜,提兜里是玉米面发糕和几块冷熟红薯。这时他才想起自己饥肠辘辘了。他狼吞虎咽了两块发糕两块冷红薯,打了两个嗝,继续向前挪步。砰,他的脑门撞到什么东西了。他伸手一摸,是墙,土墙。他顺着土墙摸了一周。他判断出来了,这是一间土墙土地板的房屋。这房屋有门、有屋顶、没窗户。现在是深夜,所以房屋内漆黑一团……

"自己不是上了大巴车去 H 市投标的吗?怎么到了这里?"

马玄继续想:"肯定是有人用迷药迷了自己……"

"迷我干啥呀?我又不是大老板、大闺女……"

"呀,肯定与 H 市投标有关……"

"呀呀呀!就是与 H 市投标有关——地上放有吃的,一间囫囫囵囵的土屋,就是不想让自己明天出现在 H 市投标大厅嘛……"

是谁阻止自己去 H 市投标呢!

肯定是自己的竞争对手!自己曲指数有三个竞争对手呢!

马玄哑然失笑了。小兔崽子们,用这种小娃娃的手段,哈哈哈!

"标是不能不投的。这关系到万安山石材石料厂的生死存亡啊。但如何出这牢房般的土屋呢?"马玄肚里有食了,脑子又转得快了。他又用手摸土墙。他是土生土长的农村人,能摸出哪段是干打垒的板墙,哪段是土坯垒的麦秸泥涂面墙。他摸了一周,知道这屋墙大部分是干打垒板墙,只有门两边是土坯垒的麦秸泥涂面的墙。干打垒墙结实着呢,老祖宗两千年前做的干打垒墙现在还有呢。土坯麦秸泥墙就不那么结实了。只要把涂在土坯上的麦秸泥抠掉,土坯用脚一揣就松动了。松动了就好办了。但麦秸泥墙皮有两公分厚,拃多长的麦秸是龙骨,把墙皮抠掉不容易呢……

"……除非往墙皮上浇水!"

"水,哪儿有水呢?"

马玄又在地面爬来爬去,这屋里有缸,但缸里没水……

咦,马玄哑然失笑了。

他找到水源了……

马玄蹲在地上,把剩下的玉米面发糕和冷红薯全塞进自己肚里。

然后解开裤扣……

世上事,想象和现实有差距。马玄一泡尿如果有两升,那么他的十指就不会鲜血淋淋了。可惜呀,他的一泡尿只有一升左右!他乘大巴喝水少嘛。中间还去服务区小解一次。早知尿后来有用场,就不去小解了。

马玄把尿湿的巴掌大的一块麦秸墙皮抠下来后,他喘了一口气。他很清楚再继续扩大战果不容易了。不容易也得继续抠呀,不抠就出不去,出不去就到不了 H 市,到不了 H 市就中不了标,中不了标万安山石材石料厂就完蛋了!马玄用手指抠墙上的干麦秸泥墙皮……还好,有茬口了,不是铁板一块了,不是狗咬刺猬无处下嘴了。战果在一点一点地扩大……

咦,钻心的疼,麦秸尖刺破手指了,马玄把手指含在嘴里消毒,涎液能消毒,血咸咸的!

咦,又一根麦秸刺进手指。

咦,又一根麦秸刺进手指。

……

马玄不把手指放进嘴里消毒了。他嘴里全是土血混合的腥味!

马玄的十指麻木了,他感觉不到疼了。马玄咬牙鼓腮,把全身的力气用到十指上,抠,抠……

马玄突然觉得自己伟大起来。他想起了长篇小说《红岩》中的共产党人许运峰。许运峰为战友逃生,在他住的牢房里向外开凿逃生通道。那是在山石上开凿呀,他的工具也是两只手呀……

多交代几句:H市水电工程负责人是马玄小学老师的早年学生。马玄近天的表现感动了已退休多年的老老师。老老师是老布尔什维克了。老老师的早年学生担心出差错,故要求马玄到场签字……

四

马玄抓生产旗开得胜。老天爷还是待见好人的。首先是大炮放得好,十个水钻眼,六十管炸药,十枚雷管,崩下千余立方石头,炮放得太漂亮了。二十四辆手推车马玄一天加上夜班就焊好了。今天开工,太阳露红脸,过磅员上岗。工厂以立方米计算、结算,三千六百斤块石粉碎出一立方米石子。过磅员收块石需收四千斤,多收的四百斤是人力车重量及石粉……

马玄开始站在粉碎机的机口旁。

他在听粉碎机工作时发出的响声,根据响声他能判断出机器的工作正常与否。后来他坐在旁边一块大石头上。一会儿他迷糊着了。他连续加班太累了,还有那清脆的粉碎机响声催眠哩……

"你老能!我连搬三块了,还不够?你这磅有问题!"

"你满嘴喷粪!我这磅上班前校正过,没问题!"新过磅员是老板的远房叔,是村里有名的正派、认真人,不过说话难听!农民嘛,说话好听的有几个?老过磅员李栓铁的八旬老爹住医院了,李栓铁请假照顾老人,他推荐老板的远房叔替他。

"你那嘴才是屁股眼呢!"大料工是本村的上门女婿,五大三粗,也是个厉害的主儿。

"你骂俺?俺侄儿刚进重症监护室,你就欺负俺老头儿!俺不干了!"老头气得胡子一翘一翘的,抬腿就离岗下山了。

"嗨嗨嗨,老头儿不能走!"马玄早被他们争吵声惊醒了。他急忙奔过去拦住下山的新过磅员。但新过磅员没给面子。

马玄转过身,燃着一支自制烟卷。过磅员与大料工争吵红脸是正常现象。他们是一对矛盾嘛!

马玄只好坐在过磅员的位置上。生产不能停嘛!

中午馒头白菜豆腐五花肉马玄如同嚼蜡。他脑子里总在转着一个问题——如何使大料工和过磅员没有矛盾呢?

下午他接着当过磅员。新过磅员老头儿既然回家了,今儿是不会回来了,需要他晚上登门请呢。农民很重视面子!

磅上来车石块,磅杆高仰起。

"走!"

磅上又推上来一车石块,磅杆不抬头。大料工很自觉,回去抱来一块石头放车上,磅杆抬头了。

"走!"

一女大料工推上来一车石块,磅杆没抬头。这女大料工看马玄,她是马玄族妹,满脸是汗,头发都粘到额头上了。女大料工少,她家缺钱。马玄心里一热,自己离位去料场搬来一块石头放在车上。磅杆仰头撞在磅身上,并发出一声"砰!"

"水仙,走!"

下班了,族妹水仙来到打扫战场的马玄身后。"玄哥,给!"水仙递给马玄一小铁块,"这是一小块吸铁石,你上班吸在磅锤下边,下班取下来……"

水仙曾做过邻家石子场的过磅员。

马玄吃惊,这不是弄虚作假坑人吗?但马玄知道妹子是好心。于是点头:"水仙,你回吧。我再琢磨琢磨……"

马玄继续打扫战场。月亮升起来了,马玄准备下山,他还要去偃老头家做思想工作,请老头明儿上班呢。马玄摸烟,呀,他的手碰到了兜里的那块小小吸铁石。他把吸铁石从左手抛到右手,又从右手抛到右手……忽然,他想试试这块小小的吸铁石吸到磅锤底部,究竟能坑大料工多少斤石块?于是,他操起一辆手推车,按正常情况装了一车石块,推到磅板上。"九百斤。"马玄把小吸铁石吸在磅砣下,磅杆便耷拉下来了。马玄跑到料场搬来一块羊头大小的石块放在手推车上,磅杆便翘起了。马玄看磅杆:"九百二十九斤。"

马玄靠在手推车上思绪滚滚……

"看来工人与老头的矛盾就在二十九斤左右呀……"

"二十九斤,二十九斤,十四公斤半……"

"是石头呀,谁能在乎呀?"

……

"如果把吸铁石吸上,那么每车都多出二十九斤……"

"这样即使有小部分车不够九百斤,差二十斤、三十斤、四十斤……"

"老板总体上不吃亏……"

"大料工也能接受……"

"太好了!太好了!"马玄跳了起来,双手拍着屁股!

第二天马玄悄悄地把吸铁石吸在磅砣底部。下班后他又悄悄地抠下来……

他告诉新过磅员:"你侄儿住院了,我能力又差,差不多就不让大料工补搬石块了啊!大料工们也不容易啊……"

这事到现在也只有水仙和马玄知道……

清早饭,两碗红薯饭、两个蒸馍的热量,一般人能顶到吃晌午饭。万安山石材石料厂的大料工们不中!何为大料工?就是一挂十六磅锤,一辆全是钢管与铁皮焊成的手推车,大料工们把不是羊头大小的大石块用十六磅锤砸成羊头大小的石块,再用手搬到手推车上,一车装八百斤,含车皮九百斤。然后大料工们咬牙用力撅屁股把装满石头的车推上磅盘计重量,再咬牙用力撅屁股把装满石头的车上的石块送进粉碎机机口里……如此繁重的体力劳动,大料工们干到近午十一点就累了不想干了。虽然是计件工资,多推一车多得一车钱,但体力不济,他们还是停车喘气喝水扎堆聊天……

"伙计们,我来了!"马玄肩背一个篮粗布便兜从山下爬上来了。他喘着气、撸着汗说:"哟,你们怎么磨起洋工来了?你们不知道咱们的石材石料供不应求吗?咱们和H市水电工程有合同呀!来来来,我宣布:每人再推五车,奖黄金叶烟一盒!"马玄说着从蓝粗布便兜里掏出四条黄金叶烟,一手拿两条,高高地举起来……

"哇,黄金叶!"大料工们兴奋了。黄金叶烟是当地中等偏上的好烟。一般请客送礼、红白喜事才去购买的。

……

又一天近午,还是那个时候,大料工们又累了。马玄又背着篮粗布便兜儿上来了。今天是两个兜儿,左肩一个右肩一个。"伙计们,加油干哪,我这里有卤猪肉加火烧馍!推五车奖励一个!"

第三天近午,还是那个时候,大料工们又累了。马玄和美女会计司马慧慧抬着一只竹筐上来了。那竹筐里是当地名吃水煎肉包。马玄揭开盖在筐上的笼屉布,热腾腾、黄澄澄的水煎肉包呈现在大料工们面前。好香,好香,好香!大料工们的口水都流出来了。马玄朗朗说:"伙计们,每人五个包子,先趁热吃。吃完了,再干五车,下班!"

"来,伸手,我放纸,慧慧放包子!"马玄想得真周到——马玄把草纸放在大料工手掌上,慧慧会计把五个包子放在草纸上。大料工们不用脏手,直接用嘴叼……

马玄用的是过去生产队长常用的"物质刺激促农忙"的方法来促进石子产量的!"物质刺激促农忙"方法,乡里村里干部不让用,说是资本主义残余,但大家还是悄悄地用……

马玄精着呢。人说他投生来的时候没喝迷魂汤。他算过一笔账:工厂的管理成本是死数字,你干不干,管理成本照出。工厂赚赔有个平衡点,每天出够若干立方米石材石料,老板不赔钱!产量超出平衡点,老板就盈利了。超出越多盈利越多!马玄发给大料工们实物奖金,马玄算过,不赔钱呢。

马玄清楚:为完成H市水电工程供应合同,莫说有赚,赔钱也要干……

本月万安山石材石料厂纳税全乡第一。乡政府奖励工厂一场电影《红日》。马玄说不在工厂放,在村篮球场放吧,乡亲们也能解解馋。工厂全体成员坐在中间六排板凳上,板凳是村狮子社的道具,村干部亲自从库房里搬来擦干净摆上。乡亲们扶老携幼、搬板凳、提凳子、推小车早早来到篮球场看电影。听说《红日》是打仗片,解放军打国民党的,很吸引人呢……

电影放完了,马玄失眠了。

"解放军就是能。能让自己的干部足智多谋身先士卒,自己的兵心甘情愿地冲锋陷阵攻城拔寨……"

"我万安山石材石料厂的员工们也能像解放军一样该多好啊……"

第二天马玄和老保卫李栓铁扯这个事。李栓铁说:"俺也不大明白。咱写封信问问俺在部队上的外甥吧。"

外甥回信了:这题目太大,三两句话说不清楚。你们二老读读关于军队建设的书吧。

书村阅览室有,他俩借来读。栓铁认字少,基本读不了。马玄小学六年级水平,借助新华字典,能囫囵吞枣读。半月下来,马玄突然觉得心里有话要说。他展开桌子上的灰色卷炮药纸,用嘴湿破铅笔头写道:

每月制定新定额。超过定额有奖。

每天上、下午中休二十分钟,喝水抽烟听司马慧慧读报纸。

不准咬耳朵,有话当面讲。不信闲话,不传闲话。

安全第一,人命关天。安全员的话是圣旨。

不说骚话,不讲骚故事。

员工们一人有难,八方支援。决不能让员工们有过不去的坎儿。

阴历初一、十五不敬山神,厨上改善生活,大烩菜、白蒸馍足吃。

财务公开。收支表、利润表贴到墙上。

出好主意——使工厂提高产量、降低成本、避免事故,奖十元。

多看自己老婆,不多看别的女人。你看人家老婆心里偏好,人家看你老婆你心里偏恼。

党、团员上班要佩戴党、团微。每个党、团员每年要选好苗子,用心培养,使其加入组织。

……

第二天马玄把卷炮药纸上字念给大家听。大家都说好。

第三天司马慧慧把该内容用毛笔抄在大红纸上,贴在墙上。

第四天老保卫李栓铁在办公室外墙上粉了一大块白石灰墙,要司马慧慧用毛笔蘸红漆把红纸上的字挪到白石灰墙上,冠名:万安山石材石料厂全体员工行为准则。司马慧慧怯场不敢。马玄撸起袖子抓起毛笔饱蘸红漆"刷,刷,刷"写起来。

嚯,有十个错别字!

错别字没法改,不改了。

十天后。《万安山石材石料厂全体员工行为准则》照片上了县报。

……

五

想谁谁不来,怕谁谁偏来,而且是不速之客!马玄书记日夜所担心的资金问题昨夜午时突然从天而降——由于全国的三角债问题重新泛滥,甲方月底拨款不可能了!

马玄书记坐起来,一支自制烟卷接着一支自制烟卷地抽。一会儿卧室内烟雾腾腾,他大声咳嗽,惊醒了全家老小……

"书记,工地月底能拨款吗?你们欠我两万多块钱了,油罐见底了!"油站老板捎信来。

"老叔,月底无论如何先给小侄儿弄一万块钱,我这小所可经不起欠啊!"机械配件修理部远房侄子把信息发到马玄BB机上。

"马书记,月底把定税送去啊!"税所小靳上厂里来了。

"老马,记着,月底来购炸材把上次欠款还了!"炸材库属公安局管,说一不二。

更愁人的是农工工资。每月五号发工资是这一带企业的规矩。为什么定五号呢?老板怕工人领了钱不辞而别!农工工资占车间生产成本百分之六十六呢。这个月初步计算有七万七呢。农工工资是不能欠的,你欠,人家就集体罢工,或者工资不要了,永远不给你干了……

马玄又骑着他的外形破实际很出路的自行车向北山县奔去。他去找儿时好友憨蛋借钱。憨蛋是他隔代老表。儿时他随奶奶串亲戚认识了,在一起玩过弹玻璃球,在村口水塘里打过水仗。他俩西沟边摘酸枣还出了大事,双双坠入沟底,一个脑袋上磕个大窟窿,一个胳膊脱臼了。昨天他听说这隔代的老表混大了,是北山县白云花岗岩公司的董事长兼总经理……

马玄来到北山县白云花岗岩公司,门卫拦住。马玄报上名号:"骡子马的马,刘玄德的玄。"

"不认识。老大正开会呢!"

马玄夺过电话:"嗨,混大了!忘了咱俩摘酸枣掉西沟的事了?"

午餐丰盛,两肉两菜,一瓶花脸杜康酒。

憨蛋当兵转业分配到北山县白云花岗岩公司了,离家远了,自然少了联系,主要是老姑奶已谢世多年了。但儿时建立起来的感情、友谊,比金子还要宝贵啊!

席间,马玄说了自己石料厂的事。马玄说自己不是没想过,他预料到会有周转资金紧张的时候,他打算用自家新宅院做抵押贷款,或者把新宅卖了。不想事情来得太突然……

憨蛋听罢,闭上眼睛,一会儿睁开了:"玄哥,我这企业是驴粪蛋外边光。周转资金也很紧张……不过我有一个法子。这法子我也用过……"

晚饭后,憨蛋开车,马玄坐在副驾驶座上。捷达车在城北一座别墅前停下来。这是他的兵,现在叫战友。这位战友名义是副村长,实际是地下钱庄的老板。他两个亲戚都在银行工作。他成立了一个黑股份钱庄。货款对象是中小企业,主要是小企业,不对个人。银行的钱月初提走,月底归还,不影响盘点上报是可以的!

股东有十个,每个人都有现金入股,起点一万块钱。

客厅内分宾主坐下。几杯清茶腾着香气。因为是老关系,不客套,憨蛋开门见山。

"需多少?"

"十万块钱。"

"中。老规矩,月息一毛。"

"啥?"马玄怀疑自己的耳朵。

"一个月一万元利息。只能贷你二十八天,届时本息必须还!憨蛋老总、老首长还必须作保!"

马玄的脸由黄变红,由红变紫。他腾地跳起来,用手指着黑钱庄庄主说:"你去风门山截路吧!"他听说过这世上有高利贷,但没想到在中国共产党领导下的山北县竟有利率如此高的高利贷!这是他一个共产党员党性的表现……

憨蛋没想到表哥发这么大的火,连忙站起把马玄按在椅子上,附耳道:"老表息怒……"

黑庄主则一点反应没有,仍慢慢地品茶。这场面他经历得多了……

憨蛋在马玄耳边继续说:"这是改革开放出现的新东西,对错姑且不说,咱们企业需要在这儿弄款度燃眉之急呀!你想想,如果这十万元能使你们工厂不垮台,工人不散伙,生产照旧,你损失一万元利息,不是小拇指头一个嘛!"

憨蛋说的在理。但在完事分手酒桌上,马玄连扇自己几个耳光……

六

会计司马慧慧发信息给马玄书记BB机:

"速来市人民医院!!!"

老板在人民医院特护病房。肯定有大事!但愿不是病情恶化!

特护病房条件不错。白床、白床单、白墙壁。窗外阳光明媚,丁香花盛开,蜜蜂在花间飞舞,小鸟在枝头唱歌。老板出现并发症,需再次动手术,是大手术。老板的父母家人都在。司马慧慧会计送钱来,也在。他们非常焦急。他们明白这是老板的又一次生死劫!老板坚持见到马玄书记再上手术台。马玄气喘吁吁来了。老板挣扎着要坐起来,但徒劳无功。马玄紧走几步过来握住老板的手,连连说:"别动别动,躺好。我不是来了吗!"

老板用眼睛示意:"你们出去,我和书记有话说。"

老板把嘴贴在马玄的耳朵上,有气无力,断断续续地说:"玄叔,我可能下不了手术台了……我想把工厂托付给您……给您百分之五十一的股份……"

"啥?"马玄不相信自己耳朵。

老板聚聚气力提高了声音:"玄叔,我不行了。石材石料厂您干。我给您百分之五十一股份……"

马玄听清了。马玄的眼睛睁大了。马玄的脑子乱哄哄的。由石材石料厂大炮工一下子变成董事长——掂茶壶的升老板——一步登天啊!这是这世界上天大地大的好事啊……石材石料是建筑行业的龙骨料,现在市场虽然低迷,但不远的将来,大市场一定会到来。马玄还知道,自己如果真的成了石材石料厂的董事长,自己一定会扩大生产规模的,再上两台切割机、两台颚式粉碎机、两台锤式粉碎机……听水电老总讲,国家要修建洛阳小浪底水库了。有了小浪底这座既能储水,又能发电,还能杜绝黄河下游洪涝干枯的水库,我们国家又登上了一级台阶。这样的世界级大工程,该需要上亿吨石材石料吧⋯⋯

"但是⋯⋯但是,"马玄用手拧自己大腿上的肉,他努力使自己镇静下来,"我原来是这石材石料厂的大炮工,现在是这工厂的瓢把子⋯⋯"

"这不是一般的瓢把子啊,这是中国共产党党章命令我来帮助有困难的个体企业渡过难关的瓢把子⋯⋯"

"共产党,共产党员帮助个体企业渡过难关是分内的事,是党章党性规定的。"

"没想在帮的过程中,帮助人共产党员马玄突然成了这工厂的大股东、董事长⋯⋯"

"党章里没这一条啊!"

"还有,撇开党章党性不说,单说世间常理——入室帮人,趁火打劫,成了这家的主人——天理何在啊!"

"不中!不中!不中!"马玄的头摇得如货郎鼓。

"玄叔,"老板又抓住马玄的手,泪水涟涟,"玄叔,您知道搞企业是需要能力的。您知道俺家里的人,都不是搞企业的料⋯⋯"

老板说着用手去枕头下摸东西,一会儿他摸出一个信封。他颤颤巍巍把信封放在马玄手上。

马玄打开信封。这是一份工厂股份书。

马玄百分之五十一

爹娘百分之十

发妻百分之十

小弟百分之十

慧慧母子百分之十九

……

老板考虑得十分周到,谁都想到了,是个懂道理的年轻人。马玄心里热乎乎的。马玄望着病入膏肓的老板,鼻子也酸了,泪水也下来了。他紧紧地握住老板的手,话语喃喃:"不会的,不会的。你年轻,你生命力强,你的手术一定能成功……"

"马叔……"老板昏迷了。

马上进手术室!

手术室门口。马玄把嘴对准老板的耳朵大声说:"老板,积极配合医生手术!甭担心工厂的事了!共产党员马玄向您保证:我会努力为你和你的家人干活的……"

马玄的声音很大,老板和老板的家人及在场的医护人员都听见了。

七

马玄书记运气好。他心里装着老老师早年学生(H 市水电老总)介绍的关系,带着所有的手续,来到洛阳小浪底水库筹建工地,很快就走完了石子投标、实地考察、签供应合同手续。实事求是,不是马玄书记运气好,是"紫气东来"这四个字罩着他呢。

事情是这样的。

马玄书记坐上去小浪底工地的中巴车。他把左肩右斜的自治帆布大挎包移到胸前,双手抱住包,闭上了眼睛。那包里是马玄去投石子标的全部资料。坐车睡觉是马玄的老习惯了。马玄的身体随车身摇摆晃荡,如婴儿摇篮似的,还有车用电视播放着豫剧《游龟山》,那弦子声、那女娃儿的唱腔如催眠曲,不困才怪呢……

"吱——哗啦啦——"中巴车急刹车。马玄书记的脑袋撞在前排椅背上,行李架上的行李掉下来,砸在马玄的背上,散落一地,锅碗瓢盆、生活用品。司机赶忙过来,一边安抚马玄一边捡东西:"叔,没砸疼您吧?"态度极其诚恳。马玄受感动,疼变成不疼了。马玄摇摇头,拉开车窗,把头伸出窗外。唔,堵车了。堵得很死,前望不到头,后边又有几十辆了。司机说:"爷们、姨们,一半会儿路开不了,下车拉拉屎撒撒尿透透气吧!"

马玄书记下车了。他没屎没尿。他向前走去。他四十多岁了,好奇心不减。他要看看前边为什么堵车?

前边是一条河,河上有一座桥,桥上有一辆外国工程车。外国工程车块头很大,橡胶车辘轳一人高。那一人高的橡胶车辘轳把桥上一块水泥预制板压烂了,车辘轳陷下去三分之一。外国工程车司机不敢动了,熄火了。外国人不傻,这工程车有随时翻入水中的危险!乡县市政府都来人了。警车、吊车、工具车、轿车挤死了桥面。一位着蓝夹克衫鬓有白发的男爷儿们手持电扩音器:"市县乡救护队队长到我这里来!我市主管交通的栾副市长……"

马玄站在工程车旁边。桥下是沙土地,流水在北侧。形势确实不妙,倾斜的大块头工程车摇摇欲坠……

桥面上的吊车没办法。

桥下的吊车也没办法。

为使大块头工程车身不再倾斜,栾副市长命令三台大吊车开到桥那边,用三根长钢丝绳牵住大块头工程车。马玄现在知道,这条路是省道,这座桥是省道上的桥。现在已堵俩钟头了,恐怕北京都知道了。

马玄掏出一支自制烟卷点着,他狠狠地抽了一口,他也在搜肠刮肚想办法。省道,省交通大动脉堵了,了不得的大事情啊……山里人长大的马玄脑袋瓜子很灵,村里人说他是"双脑子"。他经历颇多,参加过九龙角水库修建、陆浑灌区修建、焦枝铁路大会战。马玄又狠狠地抽了一口烟,用脚把烟屁股踩灭了,他翻越桥栏栅,纵身一跃,伸开双臂,如体操运动员稳稳的落在河滩沙土上。他掸掸裤子上的沙土,抬头望桥上的大块头外国工程兵。他眉头紧锁,眼睛不停地眨巴……

"我有主意了!"马玄大声喊。

人们闻声围上来。其中有栾副市长。大鼻子蓝眼睛的外国人拨开众人挤到马玄身边又说又比画……

马玄听不懂。周围的人也听不懂。

外国人一把抓住马玄的手,从上衣兜里取出黑色钢笔,在马玄的手掌上写道:"1000W! HG……"

栾市长明白一半了。忙表态:"老乡,你干成功了,我老栾奖你1000元!"

"老外在我手心写1000,栾市长许诺奖1000元人民币!如老外在我手心写10000,栾市长说不定要奖我一万元呢!"马玄略一思索,伸出手来大声说:"君子一言!"栾副市长把手盖过来:"驷马难追!"老外也把手盖过来,说着谁也听不懂的外国语……

马玄成功了。

他命令老百姓找来三根四把粗、丈五长的松木杆。他又命令政府交通部门工作人员拉来三十根铁路枕木,他再命令工程机械人员把车上的千斤顶、木墩拿来……

马玄指挥大家把沙土地弄平夯实,把铁路枕木横一层竖一层交叉放在沙土地上,在铁路枕木上放上千斤顶,在千斤顶上放上三个木墩,把三根松木杆放在木墩上,三根四把粗的松木杆顶部成"品"字形顶在大块头外国车的腹部……

"长毛司机回驾驶室——看我手势松刹车、加油门!"

"千斤顶师傅听我口令,连续用力压千斤顶!"

马玄吩咐罢,又跑着看了重点。

马玄书记站住了。他运气鼓劲,举着右手,如指挥千军万马的大元帅:"五——四——三——二——一!"

成功了!人们欢呼雀跃。

"呃,那位老乡呢?"

栾书记车着身子寻找大功臣。

"呜哩哇啦!"

大鼻子蓝眼睛的老外,举着一千美金寻找那个高智商中国人……

马玄在中巴车上呢。这事他在修陆浑灌区时遇见过。那是一块房子大的石头摇摇欲坠。大石头如坠落,把一排人就堵在洞里了。马玄就是用此法顶住大石头,招呼工友们撤出来的。书上不一定有此物理几何定律,但马玄知道——立木支千斤。这是他爹告诉他的……

事后有人笑话他:"你大大的傻瓜!栾市长那一千块你可以不要,老外一千美金你为啥不要呢?一千美金换六千五百元人民币呢!"

马玄笑笑:"当时没想恁多,就想——帮人家忙,收人家钱,不是共产党员干的事!"

……

八

这是哪儿?

马玄书记一觉醒来,发现自己睡在一个四面是玻璃,玻璃上画满人物、山水、花卉的屋子内。

马玄看那人物画是古代四大美女,闭月羞花沉鱼落雁。如果说有特点,那就是这四位美女都没穿衣服,仅用丝巾裹着,隐秘处隐隐约约能看见。马玄笑了:"这是在考验老子呢!"马玄又看山水画,唔,这是黄山风景,那几棵松树是标志。如果没有这几棵极有韵味的松树,马玄不一定认出、确定这是黄山风景。老村长的前堂屋里有这幅画,马玄请教过。花卉画有芍药、牡丹、梅花、美人蕉、含羞草,最好看的还是牡丹。马玄是洛阳人,洛阳人最喜欢牡丹了。马玄的前堂屋里挂着一幅牡丹,还有一对条幅:唯有牡丹真国色,花开时节动京城。谁的画?谁的字?马玄不知道,是祖上流传下来的……

"叮当!"门铃响。

"进来!"马玄慌忙蹬上裤子。

门开了。两个貌若天仙的女娃儿笑吟吟走来。她们端着白色的盘,盘上有面包、果酱、牛奶、苹果、孟津梨。

"马书记,吃早餐了!"声音娇滴滴脆生生,真好听。

马玄的脸变成大红布了。他没穿小布衫呢。

"出去!出去!"马玄语无伦次。

"马书记老封建!"两位漂亮女娃儿嘻嘻笑着,从床头上取下马玄的小布衫,"来,伸胳膊,小侄女给您穿上!"

两位女娃儿服侍马玄洗漱完毕,侍立两边,说:"马书记用早餐吧!"

马玄早已饥肠辘辘了。他三口两口把面包夹果酱塞进肚里,又一仰脖子把一杯牛奶灌进肚里。他接着抓起孟津梨"咔哧"一大口。马玄吃得急了,连打几个嗝儿……

现在马玄开始想问题了……

马玄书记乘坐的中巴车到了小浪底。他按着吩咐,寻找办公楼大门上插有老鹰旗的地方。小浪底施工工地到处都是简易房子和旗。有五星红旗、老鹰旗、老虎旗、野猪旗、红日头旗、花床单旗、星星旗、月亮旗……马玄好不容易找到了老鹰旗,他拍大铁门:"砰砰砰!"没人理。他加大力度:"砰砰砰!"还没人理。这是咋回事?马玄抬眼看,这是有二层办公楼、平房和围墙的院落。围墙是红砖砌的,丈把高,还有铁丝网。马玄围着围墙转了一圈,只有眼前这一个大铁门。日头快要落山了,马玄急了。"咣咣咣!"他用脚踹门,仍无人开门。

马玄犯难了。"咋弄?咋弄?"

"是去旅社睡觉?明天再来?还是……"

马玄牙一咬心一横:"等!就在这儿等!天还没黑呢,我不信这里边人不出来办事、散步、逛商店……"

马玄把脊背靠在大铁门上,屁股蹲地上。马玄习惯性地把大帆布包移在胸前,双臂一抱,闭上了眼睛……

马玄心说:"只要你开门我就知道!"

……

"嘀嘀嘀——"汽车喇叭响。

马玄醒了。强烈的车灯照得马玄睁不开眼睛。马玄用手遮光,站了起来。月上东南,繁星满天。唔,半夜了。

"呜哩哇拉!"小汽车门开了,一个高个子老外向马玄奔来。

"呜哩哇拉!"高个子老外把马玄紧紧抱住,在马玄的脸上连亲三口。

这位老外就是上午省道大桥处遇到难处的那位老外。

他是该标段的砼站经理。

马玄中标了,石材石料供应合同签了。

马玄累极了,他坐在工地一酒楼上,点了一盘油炸花生米,一盘豆腐干,一瓶花脸杜康酒。他要放松放松了。他是该放松放松了。前几天他是搏击在狂风暴雨中的雄鹰,是出没于惊涛骇浪中的帆船手,今儿他是荡舟平静如镜的陆浑水库中的公子哥。"滋——"一口酒。"嘎嘣嘎嘣——"两粒花生米进口……

男爱女隔千里,女爱男隔一板。砼站站长想用马玄石材石料厂的产品,是非常容易的事,只要产品质量达标,量够! 砼站站长带着马玄三天两次驱车到马玄工厂取样化验实验,并调查工厂的储量、日生产量、月生产量、年生产量。至投标,够条件的多了,选谁还不是主家的意思⋯⋯

现在马玄清醒了。他想明白了。他是被人裹挟到这里的。一瓶花脸杜康酒不会使他重度昏迷,他知道自己的一斤二两酒量。肯定是有人做了手脚,使了阴招⋯⋯

是谁干的? 为什么?

马玄又陷入了沉思⋯⋯

马玄检查自己的帆布提包。合同在,资料在,钢笔在,记事本在⋯⋯

马玄百思不得其解⋯⋯

马玄走到窗前,拉开了金丝绒窗帘。

嚯,窗外艳阳高照,花草艳丽,法国桐树高大葱茏,喷泉扬起丈高的银色水珠。马玄打开玻璃窗扇,一阵清香之风拂面而来。马玄深深地吸几口新鲜口气,摆动胳膊扩扩胸肌。马玄把脑袋伸出窗外。唔,这是一幢独门独院的别墅、青砖墙、红瓦顶、大电动伸缩门,门卫室里有一虎背熊腰着制服的门卫⋯⋯

"马书记,茶沏好了,上等的六安瓜片——"身后传来娇滴滴、脆生生的女娃儿声音。

午餐是洛阳水席。满满的一桌子色香味俱全的洛阳特色菜。马玄流口水了。马玄在老家吃过多次洛阳水席,但像眼前这样分量、菜色、刀功的,马玄还是第一次见到。

"马书记,入席吧。俺姊妹俩陪你!"两位从清早一直陪马玄的漂亮女娃儿同声说。

"我不吃!"马玄把脸沉下来。他是故意的。

"不可能,您早餐吃的不多呀!"

"饿也不吃!"马玄倔倔的。

马玄想:"他自从来到这天上神仙住的地方,享受到了他从来没有享受过的生活……

"但是,天上不会掉肉包,世间没有免费的午餐呀……

"……把他弄到这儿的人,肯定有事求他!如《三国演义》里的大白脸曹孟德对红脸红长胡子的关云长,好吃好喝好招待,上马金下马银,十二美女铺床叠被,他是要武艺高强的关云长跟他干的……"

"马书记,"两位漂亮女娃儿把洛阳水席第一道燕菜取开装到马玄面前的金色小碗里,"先吃口燕菜,俺们这儿的大师傅的手艺在洛阳市排前几名呢!"

"不吃!"马玄更倔了,声音更高了,镇得两位女娃儿直捂耳朵。

"马书记,您不吃饭,肯定是俺姊妹俩照顾不周。俺姊妹俩各喝三杯人头马赔个不是!"俩女娃儿说着真的开瓶、倒酒、仰脖子喝酒。俩女娃儿喝得猛了,脸马上红了,红得如桃花一样……

马玄的心头一颤——英雄难过美人关啊!

但瞬间,马玄恢复了理智。他呼地站起来,手指着俩女娃儿,声音提到最高处:"你们告诉我,你们这样弄,目的何在?!"

两位漂亮女娃儿互相对视一眼,一左一右来到马玄身边,又一左一右俯在马玄的耳朵上:"把您在小浪底签的石材石料供应合同转让给我干爹吧……"

两美女的干爹是万安山南坡石子厂厂长武树。武树是个人物呢,黑白两道通吃,马玄早有耳闻。

谈判开始。俩美女把两万元摆在桌子上说:"马书记,把合同转给俺们干爹吧。先给您两万块钱!后边好处费,不,转让费百分之五抽成,随回款比例付您……"

"……伸手不打送礼人。合同转让他们一部分也中,反正自己全部供应也有一定的困难。至于他们干爹采取这样手段……可以理解嘛!商场如战场,兵不厌诈胜者为王嘛……"马玄的大脑在飞速旋转。

但是,当马玄知道,上次去 H 市投标,他被囚禁野地小屋的事,也是这俩美女的干爹干的,马玄改主意了。

"这南坡武树厂长不是个好东西!"

他上次的行为、这次的行为都是犯罪的行为!

黑社会的行为……

和解放前风门山的土匪鸡毛唐没啥两样……

马玄现在待的地方和昨天待的地方是天堂地狱之别。

说地狱不为过。

昨天马玄被三个彪悍大汉架着推进这座别墅内的家庭温泉池子里,恶狠狠地说:"泡个温泉澡吧!"

这个温泉池子很大,能泡三个人。池壁是陶瓷的,洁白的。开始水温很好,水咕嘟咕嘟向上翻泡,摩挲着马玄的脖子、后背、屁股腿。马玄仰靠在池壁上,闭上眼睛,还真正享受了一番呢。但随着时间的推移,池子里水凉了。开始马玄还能扛着,后来不行了。马玄冷了,浑身打战,上牙直磕下牙……

马玄大声嚷起来:"水凉了,水凉了!加热,加热!"

没人理马玄。

"出去吧!"马玄走出池子去开浴池门。门被锁了。

"砰砰砰!"马玄砸门。

仍没人理马玄。

这池子构造特别,除门处有两个台阶外,其余墙壁一体,和底部成九十度角。也就是说你必须待在齐腰深的水里……

马玄书记意识到自己被南坡石子厂厂长武树囚禁在水里了。叫水牢也可以。解放前风门山土匪鸡毛唐在匪穴里修有水牢。马玄的爹曾在那里受了三天罪。鸡毛唐怀疑老马是共产党的探子。不同的是这水牢很干净、很现代化,那水牢里有臭水、蚂蟥、老鼠、小蛇……

马玄一丝不挂,泡在水里。在水里比不在水里暖和。

不知过了多久,马玄饿了,马玄又本能地大声喊:"我饥了!给饭吃!"

没应声。

忍着吧。马玄是穷人家的孩子,吃不饱穿不暖忍饥挨饿是家常便饭。

透过浴室排风扇缝隙。室外月色正明,农历十五,午夜了。马玄决定逃出去。他打开全部浴灯,认真看,不成,铜墙铁壁,出不去!

马玄彻底冷静下来了。马玄凝神静思:南坡石子厂厂长武树不敢弄死自己。即便他是大大的黑社会,他也不敢——现在是共产党领导的新中国,中国公安部有令——命案必破,杀人偿命……

他无非是要我转让石材石料供应合同嘛……

还有,老祖宗古训:商人争财不争命!

"再坚持一会儿!再坚持一会儿……常常胜利产生于再坚持一下之中……"

不好!马玄感到自己的脑袋发胀,眼睛直冒金星……

"马书记,您冷不冷?您饥不饥?"这时那陪他一天多的两位漂亮女娃儿娇滴滴甜生生的声音传入马玄的耳朵。

"马书记,您就答应了我干爹的要求吧?这两万块钱,不,是五万块钱,您先拿着……今晚,今晚俺姊妹俩也是你的……"

马玄嘴唇翕动,没有声音。

"马书记,您答应俺干爹吧!今晚,今晚,今晚,不,现在,俺姊妹俩就是您的了……"

马玄嘴唇颤抖……

咦,马玄嘴唇不动了。

马玄昏迷过去了。

……

浴室门"哗啦啦"开了。

那两个漂亮的女娃儿和那三个彪悍大汉冲进来。"掐人中!掐人中!"一阵忙乱。

"马书记,我武树服了您了!我不要您的合同了。我的石材石料走你的合同。我每方给你们厂两块钱代理费……"

南坡石子厂厂长武树,一个浑身文身的高大威风的男人给虚弱不堪的马玄书记鞠了个九十度的躬。他身后的那两个漂亮的女娃儿、三个彪悍大汉也东施效颦般给马玄鞠躬……

……

九

老板昏迷了一百八十天醒过来了。

老板又疗养了一百八十天上班了。

马玄率支部成员列队迎接。

老板泪流满面向马玄书记及党员们深深地鞠了一躬。

马玄和党员们也给个体企业万安山石材石料厂的老板还鞠躬礼!

……

军功榜

我是中国人民解放军军委工程兵工程建筑六六六团一营文书。年底,我有一项非常重要的任务——上报团部我营十名立功受奖人员材料。我营的十名立功受奖人员是各连及建制单位推荐的,推荐材料粗略、概念化,需我细化成文上报团、师党委。这是一项很大的工程……

一

一连报的立功人叫李才。一连担任国家特级保密核工程八号支洞掘进任务。我们把一座山挖空了。山洞里大洞连小洞,小洞连中洞,还分上中下三层呢。若进去没向导那是出不来的。我来到工地连指挥所,值班员李希希讲李才班长刚进洞上班。他们连三八制四班倒,每班六个小时施工,两个小时政治学习或军事训练。值班员李希希问我找李才班长何事,我说详细了解他成功处置恶性透水事故的过程,上报李班长立功材料呢。值班员李希希说:"这事你找他不如找我,我俩是一个掘进排的,我俩还是同族叔侄呢,出事故那天我就在才叔身边……"

李希希叙述,我记录:

李才是我的远房叔父。历史也有不公平的安排,李才比我还小一天呢,但我要喊他"才叔"。他是我小十奶奶的孩子。我俩儿时是形影不离的小伙伴,就是打完架,过不了仨钟头就又好了。我俩一同上小学、中学。才叔个子大,校里他是我的"保护神"。但有一点我烦他:他和我说话前边总带仨脏字"×你娘"。这是我们老家的风俗,好像叔叔和侄子说话应该带那仨脏字似的。军委工程兵来接兵的首长看上了我俩,李才个子大篮球打得好,我作文写得好。我俩一起穿军装戴红花来到部队,给我们李氏祖宗争光了。李才是全团第一个能独立操作风钻的新兵,我的通讯报道也上了《工程兵报》。新兵第一年年底我和李才都获得了全团通令嘉奖荣誉。理由:李才山洞顶部光面爆破弧形炮眼打得好,拿了全团风钻技术比赛第一名。我是通讯报道搞得好。光阴似箭日月如梭,转眼三年过去了,我和李才都入了党当了班长。李才现在称我十班长,前边那仨脏字去掉了。我称他十一班长,那个叔字也省略了。但老家来信没省略,我爹说别看你和你才叔都是平起平坐的班长,你不能忘了他是你叔父呢。十奶给李才来信说在部队里你更要带好你希希侄儿。这一年春节前,十一班长李才悄悄地和我说他春节要结婚了。又说:"你十奶逼我结婚的。你十爷身体不好确实也需要人照顾。你知道我哥嫂在洛阳当工人,你十爷十奶不愿意住城里……"

十一班长李才的未婚妻是我中学的同桌,长得蓉鼻子蓉眼儿可好看了,文才还好,是我们中学文学小组组长呢。我的同桌香椿有眼力呀,十一班长生猛高大一表人才,不像我瘦猴一个。他们俩一星期一封情书。我们老家还有一个风俗:侄儿拆叔父的信不犯规,如叔父说话带那仨脏字似的。香椿是一个文才横溢的初中语文教师,她写给十一班长的信篇篇都是优美的散文,我敢说稍稍加工,上《工程兵连队文艺》没问题。十一班长回信的时候经常请我做参谋,他有自知之明,他的文字功底没我好……

"才,来信收到了。你信中夹的戎装照片我也看到了。照片照得真好。青山角下,练兵场上,你肩背一支大枪,大枪上刺刀泛着青光,你红领章红帽徽腰扎武装带,你表情严肃双目目视前方。我把这张照片给我爹娘看了,给我未来的公公婆婆看了,我又收回来了。我一天要看几次,夜里把它贴在胸前,还吻了它……"

"才,来信收到了。我的学生们该摸底考试了。我比较忙,抓住大课间时间给你回信。你信中说你们部队 X 项技术大比武,你得了第一名。我真为你高兴。我能想象到英气逼人的你佩戴着大红花登台领奖状时的大场面——敬礼,从首长手里接过奖状,再敬礼!才,你进步了,小妹也不甘落后。这次学校摸底考试,我估计我带的一甲班会人均总分第一。老校长曾单独约我谈话,他说一甲班的数理化程度和乙班丙班丁班不差上下,你的文采好,你能把一甲班的作文抓上来,你们班摸底考总分试肯定是第一名!才,咱们搞个约定吧。你在部队努力,我在学校努力,年底看咱俩谁得到的奖状多……"

"才,来信收到了。我要告诉你一件事,我做了一个重大的决定:我搬到你家去住。冬天来了,我未来的公爹支气管哮喘又要开始了。这种病你是知道的,怕冷怕感冒,一旦犯了病,夜夜不能平躺着睡,咳嗽声不断,不打半个月青霉素控制不住!预防这种病的唯一方法就是穿得暖和一点儿,加强锻炼身体。我未来的婆婆说,香椿呀,你伯伯不怕我,他怕你。我要他早起锻炼身体,他不起来也不理我!但他怕你敲他的门。你一敲他的门:伯,起来做广播体操了!他呼地就起来了。这有三、四回了吧?他还和我说,我天不怕地不怕单怕香椿敲我的门。儿媳妇敲老公公的门催老公公起床做广播体操,传出去,丢死人了!才,你知道我家住村大西头,你家住大东头,二里多地呢,很不方便,所以……你同意吗?你不同意也得同意,我这是民拥军哩……"

"才,你以后写信,不要让瘦猴帮你润色。你知道我们俩是中学同桌,你不知道他也喜欢我。你找他润色,是折磨他呢!你想提高文字表现能力,求求我呀。我帮你润润色,再寄给你……"

那是春节前八天,腊月二十三,小年。我们三排上四班。十一班长李才明天就离队回老家结婚了,春节假期加婚假,多幸福几天呗。那天他可以不进坑道,在宿舍收拾行装,再好好地睡上一觉。但他放心不下坑道工作的事。这是一处地质十分复杂的工作面,石质时硬时软,遇到硬石风钻掰牙,遇到软石小石块夹钻杆,老钻手遇到此工作面也头疼哩。但十一班长技术呱呱叫,可以连续钻炮眼,所以排长没坚持他的意见,同意他上班了。十一班打风钻,十二班负责装石渣,九班负责制作炸药管囊、装填炸药、放炮,我们十班负责推小铁轨上的小型矿用斗车。战士一人一台小矿用斗车。小挖掘机加铁锹把斗车装满了,我这个班长只用开头用力推一把小车,喊声"走——"推车战士就和斗车一起前进了。大多时候我站在工作面前看十一班长打风钻,甚至帮他拉气管。明天他就要回家结婚了,我没有什么礼物送给两位老同学,送我两个月的津贴二十块钱吧。祝两位老同学幸福美满,早生双胞龙凤胎。"班长,我的斗车脱轨了!""嚷什么!"我顺手抓起一根撬杠。斗车脱轨是常见的问题,四个人四根撬杠就解决问题了。我和三个战士一人一根撬杠,选好角度,插进撬杠,我说:"来,咱们一起用劲抬⋯⋯"

突然工作面传来十一班长异样的怪叫声:"冒,冒,冒顶了——撤——撤——"战士们纷纷放下手中的家什往洞外跑。所谓冒顶,就是风钻杆进入山体大溶洞里了。这山体中的溶洞一般都有水,储水量一般很大,千余吨水、万余吨水不足为奇。上安全课的时候,主抓安全的副团长讲过这方面知识。他特别强调,风钻手突然发现钻杆进空,风钻体贴在石壁上,那就是钻杆进溶洞了,一定要用肩膀用力顶住钻体,一定要大喊"冒顶了,撤——"这样损失会相对少一点儿,否则工作面上的所有人和机械全变成鱼虾⋯⋯

我本能地随着战士们往洞外撤,但三分钟后我转身一百八十度往工作面跑——十一班长、我的叔父、老同学还在工作面上呢。我来到工作面,十一班长用右肩用力顶着风钻体,身体与石壁成三十度夹角。他眼睛瞪得滚圆,脸色铁青,嘴里还在喊:"冒顶了,撤——"

"十一班长,我来了!"我本能地扑了上去。我钻到他身下,也用肩膀顶住了风钻体。我上气不接下气地说:"十一班长,你快撤!你要回家结婚呢!"

"你!你!你扯淡!十班长快走,没时间了!"十一班长语气短粗字字沉重,他用手推我的背。

"你走,你要回家结婚呢!"我也气喘吁吁,重复我的话。

"希希,我×你娘!你快撤!你换不了我!"十一班长,我老家的李才叔边急促喘气边往外挤字,并揪住我的头发用力向外推。

"你走,你要回家结婚呢!"我脑子里只有这一句话了。

"希希,我×你娘!你快撤!你换不了我!"十一班长,我老家的李才叔松开了我的头发又揪住了我的耳朵用力向外推。

握风钻的大手揪住我的耳朵用力向外推,我的耳朵被撕裂了,剜心裂肺般地疼痛。我不得不离开风钻体和石壁。

"李才叔——啊啊啊——"我顿足搥胸大哭。同时我也知道,十一班长,我老家的李才叔不可能让我换下他——他决不会把生留给自己,把死亡甩给我……还有,换的中间顶力强弱不均,溶洞壁垮了,那两个人都完蛋了。不,不止两个人,整整一个排呢……

"希希,我×你娘!听才叔的命令——撤——"十一班长,我老家的李才叔咆哮了。

"是!"我立正敬礼,转身往外跑。但跑了几步我又站住了,转过身——我李希希,七尺高的汉子,不能这样丢下十一班长,我老家的对我关爱有加的李才叔啊……

"希希,我×你娘!撤——撤——"十一班长、我老家李才叔的声音低了。他明显的气力不足了。

"希希,我×你娘!替我照顾好你十爷十奶——"十一班长、我老家李才叔的声音断断续续了。

"希希,我×你娘!告诉香椿,我李才对不住她了……"

我们三十多人刚刚撤出洞口,洪水便呼啸而来。洞内的工程机械、枕木、石块、安全帽、防尘口罩和李才叔随着洪水落在洞外的倒渣场上。我们找到李才叔时,他双手抱着头身体蜷曲着,昏迷过去了,但还有气息……可以想象他本能地卷曲身体双手护头成刺猬状,在洪水里翻了多少个筋斗……

二

二连报的立功人叫李望。李望是我同乡同村老乡、发小。我曾当过该连文书。他的模范事迹我略知一二……

军委工程兵工程建筑六六六团一营二连移防海拔一千八百米睡女峰施工。全连人员、家当顺着蜿蜒曲折的山道陆续搬上山顶了。连猪饲养员李望左肩右斜军用挎包,右肩左斜军用水壶。背上不是两纵三横的军用被包,是一大包豆青色小窝窝头儿。李望一米六一个头儿,刚过当兵身高线,皮肤黝黑,胖乎乎的体形,团团脸,一笑两腮出酒窝儿、眼睛如下弦月。李望嘴噙哨子,手持柳条子,率着他的九头猪前进在通往睡女峰的山路上。李望啪啪啪甩着柳条子,嚁嚁嚁吹着哨子,他的兵成一竖队哼哼唧唧前进着。旁边的我大声说:"猪班长,不,猪司令,您好威风啊!"那时我是一连文书。李望转头笑了:"大秀才,你真可以呀!"

"哈哈哈!"沿途负重的战友们都笑了。

前路变窄了,一米多一点宽,一边是绝壁,一边是万丈深渊。战友们都过去了,猪兵们望而却步。"比人还精!"李望一笑,紧走几步到猪兵前头。李望从后背袋子里掏出豆青色小窝窝头儿放在距领头猪一米远的地方。李望冲领头猪说:"来来来,有好吃的!"小窝窝头儿散发着清香味儿,领头猪扇着鼻子闻见了,它忘记了危险,冲过来抢吃窝窝头儿。李望又在领头猪前面两米五远的地方放置第二个小窝窝头儿……如此反复操作。猪这畜生,又憨又精,再危险的路,只要领头猪敢走,其他的猪也敢走……

"嘻嘻嘻!哈哈哈!"险路两端的战友们见李望带猪过了险路段,发出揶揄的笑声。

连长说:"李望同志,你把九头猪安全带到新营地,本连长嘉奖你一次!"

前面路虽有坡度,但不影响猪兵们前进的速度。猪兵们甚至争先恐后,你追我赶,在主人面前表现自己。猪兵们有目的,想得到主人手里的小窝窝头儿。李望会带兵,他真的从背筐里掏出几个小窝窝头儿喂进表现好的猪嘴里。

"跑得快有偿,落后挨条子!"李望又挥挥手中的柳条子。

"猪司令优秀!"

"猪班长能干!"战友们竖大拇指……

噫……前面出现一道近一米高的大青石台阶。领头猪窜了一下没跃上去。领头猪不服气,后退两步又窜了一下,前腿上了台阶面,后屁股没上去。领头猪惨叫了一声"吱——",没上去就没上去呗,反而跌摔了一下。因后屁股已离地近二尺了。领头猪后屁股疼了,可能腰也疼了,它趴在台阶下不动了。其他猪也东施效颦趴在地上了。这一切都在一分多钟内发生,李望猝不及防,他懵了。但他很快就恢复了正常。他是个智商很高的人。他略一思忖,一条妙计上心头。他跃上台阶冲身旁的战友们大声喊:"秀才、占山、吴民、大头,来帮帮我!"

我们放下肩上负重,来到李望跟前。

李望说:"你们听着,我在上面逗引猪向上窜,你们看好了,当猪前蹄趴上台阶,后屁股离地时,你们一边一个人托住猪屁股向上推……"

嗬,真像个司令员。

李望又说:"你们一定要把猪推上台阶,如推不上去,落地的猪会咬你们的腿!"

噫,怪吓人的!

嚁嚁嚁!李望用力吹哨子。这是猪开饭的哨音。李望曾告诉我,他是用哨音指挥猪兵的,有开饭哨音、睡觉哨音、锻炼身体哨音。猪兵们都站了起来。李望在台阶上喊:"老一上来!你饭在这儿呢!"李望说着从后兜里掏出四个小窝窝头儿放在台阶上。好香好馋人!领头猪本能地后退两步,一个小助跑呼地冲上台阶……

"前腿上来了,兜后屁股——"李望大声命令我们。

"一二三——"我和大头托住猪后屁股齐用力。

领头猪上来了,后边猪就好办了。

"老二上来!"

"老三上来!"

"老四上来!"

李望用了三十六个小窝窝头儿。

我们托了九次猪屁股。

我们的手上沾了猪屎,臭烘烘的。

李望敬军礼:"帮助之恩容当后报!"

……

天黑了,我们都到了新营地,唯有李望和他的兵没到。连长令我组去接应。连部文书、通讯员、理发员、卫生员和炊事班是一个健制组的。

司务长是组长。事务长命令我们每人带一根麻绳,用途显而易见——把绳子拴到猪前胛处,猪不走就拽它走!

"李望——"

"猪班长——"

"猪司令——"

"我在这儿呢!"李望在长约千米四十度坡的坡底处,满头的汗。他用军帽扇着风跺着脚说:"真气死我了。它们不听我指挥了,不想走了!"十几只手电筒的光照在猪身上。我禁不住笑了:"这些家伙们打算在这儿过夜哩!"九头猪在地上,屁股对屁股,头冲外,形成一个圆形。这是防御形态。防御任何敌人从任何方向进攻它们!

"好聪明的猪啊!"我说。

按照事务长的布置,我们两人负责一头猪。前边人用绳子拽,后边的人用树枝轻轻地抽猪屁股。绳子拴在猪前胛处是李望的活,我们不敢拴,猪会咬人的。猪兵们虽不乐意,但还是听李望招呼的。

世上事不如意者十有八九。我们走到距坡顶二百米处,猪死活不走了。头猪躺在地上,伸腿弓腰闭眼睛,耍无赖。领头猪如此,其他猪更如此!吹哨子无用,喂小窝窝头儿无用,柳树条子狠抽屁股也无用。

"司务长,猪们太累了!"李望报告道。

大家都看司务长。他是移防组长、临时党小组长嘛!

"扛吧,只有扛了。像卸车扛粮食麻袋那样!"司务长不加思索脱口而出。司务长炊事员出身,扛粮食麻袋老本行。一麻袋粮食一百斤,他一次扛两袋。

李望愣了一下:"是个好主意,但我要试一试。我抱猪扛猪没问题,猪不挣脱不咬我,我们有感情。猪让不让你们抱,咬不咬你们,我不敢保证。"

"用绳子把猪捆成肉蛋子,把猪嘴也扎住!"司务长说。

"那不行,那太狠了!"李望强烈反对。这个猪班长还真疼兵爱兵啊。

"你们谁身上有白酒?我后兜里还有二十几个小窝窝头儿。白酒泡小窝窝头儿喂猪……"李望突然灵感一闪,一条妙计上心头!

"好主意!"

"妙主意!"

……

好个屁!妙个屁!

我们只知其一不知其二!

九头醉猪被扛到山上新营地,死了八头!

连长大骂司务长,狗血喷头。司务长没报告连长——酒窝窝头儿喂猪是李望的主意。

李望蹲在地上怀里抱着一头花斑猪,哭成了泪人。他边哭边嘟囔:"你连长骂人的词语也太刺人了。你凶个屁啊,半年后我还你一个加强班!"

"瞎说!你凭什么?"我反问。

"就凭我怀里这头花斑猪是母的!"

……

我走在去睡女峰的路上。按计划我今天去二连了解我同村老乡、发小、连猪饲养员李望的模范事迹。睡女峰名不虚传。远远望去真如一少女睡在一山峰上。她头东脚西,头枕臂弯,身体曲线清晰。我希望老乡李望能立一个三等功。我是伏牛山人,我们那里十年九旱。入伍前我家刚刚从沟底窑洞里搬到平地干打垒墙瓦顶的新房里,而李望一家还住在沟底窑洞里。李望家穷很大一个原因:他娘生育力强,一年一个长鸡鸡的,五年五个。如果村里乡里政府不动员他爹结扎,她娘生一个班没问题。我们穿新军装离村时,李望的爹娘含泪嘱咐:"老大,出去好好干,回来领一个媳妇呀!"爹娘嘱咐的对,像李望的家庭条件,在家找不到媳妇。村支部书记伯伯则说:"你不仅听你爹娘的话,更要听党的话——党叫干啥就干啥,党叫干啥一定干好啥!共产党不会亏待你的……"

我离开一连到营里当文书半年了。说心里话,真想老连队了。我不由自主加快了脚步,但山路两边的景色又使我情不自禁放慢脚步。山底是层层梯田,金黄金黄的油菜花煞是好看,数不清的小蜜蜂正忙碌着。它们是伟大的小动物,它们为人类酿造蜂浆玉液。山腰是果树林,有桃树、杏树、苹果树、核桃树、柿子树。这些果树有的已吐苞,有的已开花,有的已结小小果子。果农们正在浇水、除虫、剪枝、疏花、蔬果,少男少女的歌声与林中百灵鸟的叫声交融在一起。山顶是茂密的、高大的、郁郁葱葱的原始森林,偶有小松鼠、野鸡、野兔从路面闪过……

中午,连长请我吃山珍野味。饭后我去养猪场采访老乡李望。李望兑现了他对连长的承诺。猪圈里现在存栏二十一头猪,有十一头是前天晚上功勋花斑母猪刚生产的。我来到猪场时,李望正在给小猪崽熬米汤。花斑母猪崽多奶水不足,李望把一袋藕粉放进锅里,用长柄勺子搅动着。李望看见我来了,喜出望外:"大文书,亲老乡,快来搭把手!"十一个小猪崽胖胖的,个个尖耳朵,长嘴巴,通身花斑。它们遗传了爹娘的基因。它们你争我抢地吮母猪奶穗。母猪躺在地上,闭着眼睛,任小猪崽们争夺。这肯定是一种幸福一种享受哩。猪崽吃奶体现着丛林法则,个大的、壮实的能霸占两个奶穗,个儿小的瘦弱的站在后边干瞪眼儿。李望把熬好的猪米汤装进一个搪瓷盆里,指着一只最小的猪崽说:"喂这头,你端盆,我抱猪!"李望把小猪崽抱在怀里,屁股朝里头冲外。我把搪瓷盆放在小猪崽嘴边。小猪崽本能地抽着鼻子辨香臭。好香！小猪崽把嘴扎进搪瓷盆里狼吞虎咽了。李望说："很好，喂第二只！"

我则说："大司令，大班长，你超额完成任务了！"

李望一怔。他不知我说的意思。

我笑了："你当初承诺连长一个加强班，现在是准排了！"

李望腼腆一笑："我运气好啊！"

"说具体点！说具体点！"我掏出采访本。

李望叙说，我记录：

我当时只有一只母猪了。我想：只要是有母猪，找公猪配种还不容易？但我没想到这睡女峰上还真没公猪呢！山上没有只好到山下江涛镇去找了。江涛镇在乌江边上，原来只是一个千多人口的小镇，自从国防特级保密工程在这里开工后，这里就热闹了。驻军机关、医院、仓库、军供站，还有和部队配属施工的中央部级建筑工程公司陆续到来了。我借星期天时间下山到江涛镇上询问给母猪配种之事。由于口音不同，又因为是配种，我没达到目的，反而遭到不少白眼、口水、辱骂。我见到一老者毕恭毕敬地问："老爷爷，你们镇上有给猪配种的猪吗？"

"解放军，年纪轻轻的，不学好！"老者扬起手中的拐杖。

我迎面碰见一中年妇女，呈笑脸，敬军礼："大姐，您家有种猪吗？"

"你，你，要流氓！"中年妇女杏眼怒睁，泼口怒骂。

我来到一地方办事处："同志，我是部队的，我们猪需要配种……"

"滚滚滚——"

我没办法了，忽然想起到部队医院问问。猪和人都是胎生物种嘛。妇幼科军医哈哈大笑……

太阳偏西了，该归营了。部队有纪律，晚六时外出干部、战士必须归营。我走到镇边一乡下土厕，把肚子里的废料放完，上山一大段路程呢。

忽然,耳边一娇嫩清脆的女音:"解放军同志,帮我抱抱小娃儿,我上上厕所。"

交我娃儿的少妇十分漂亮,闭月羞花沉鱼落雁!我脑际一闪。我怀中的娃儿更是招人喜欢,胖乎乎的脸,黑葡萄似的双眼,还有裆里那工艺品似的小鸡鸡。我忍不住亲亲他的脸蛋儿,又亲亲他的小工艺品。哇,小家伙尿了……

"咦,大妹子该出来了!解大的也不需恁长时间呀!"太阳下坠一杆子了,我还要归队呢。我喊了几声没人应,想进女厕所看看,不行的!恰好一女少先队员走来,我急说:"小红领巾,你进厕所看看有人没?"

"啊——"女红领巾惊叫起来,"解放军叔叔快来,大姐晕倒了!"

解放军救人责无旁贷。我冲到路中间大声呼叫:"救人救人,有人晕倒了!"

医院救护车呼啸而来呼啸而去……

麻烦了,小娃儿还在我怀里呢。

是哪个医院的救护车?漂亮少妇去了哪家医院?我不知道。

不能违反部队外出归队纪律,我只好抱着娃儿,一路奔跑,晚五点五十九分归队了……

米汤藕粉混合饭喂完了。小猪崽们真能吃,肚子都滚圆了,还围着我俩转,拱我们脚面,咬我们的裤角。但是没饭了,只能等晚上了。李望拉着我来到他的简易办公室兼卧室。我俩用肥皂洗了手,李望给我冲杯睡女峰牌野茶。这是他的一大发现,他放猪之余采了不少味道、颜色和老家毛峰差不多的野树叶子。放在碗里用开水冲泡,树叶发绿,水发黄,喝一口清冽可口,后味微苦。我示意李望接着说刚才的话题。李望呷一口茶水……

李望接着叙说,我接着记录;

我抱着娃儿回连队,简直是放了一颗原子弹。全连干战欢呼雀跃,争着抱小娃儿,后来干脆击鼓传花了。小娃儿刚开始紧张,不让别人抱,后来感觉自己被传来传去非常自在,不但不哭反而笑了,"咯咯咯"笑出了声。

熄灯号响了。小娃儿在连长的怀里睡着了。连长突然像想起了什么似的,大声喊:"李望!李望!"

"到!"我就在他身边。

"你他妈的,给我弄个小玩意回来,咱连里没有女兵,小玩意夜里和谁睡呀?"

"和我睡呀。在老家我是老大,我二弟、三弟、四弟、五弟都是我奶大的。"

"吹牛,"连长不相信,"小玩意夜里还要吃奶呢!"连长已婚有孩子,有体会。

"我把红薯面窝头嚼碎吐到我弟弟嘴里……"

这天夜里连长派通讯员帮助我照顾小娃儿。小娃儿夜里吃了三次我嚼碎的白面馒头,尿了两次,拉了一次。第二天上午,连长、指导员来看小娃儿。连长用双手把小娃儿举高高,指导员用脑袋拱小娃儿的肚皮。小娃儿笑个不停,咯咯咯,咯咯咯!指导员说:"李望同志,真有你的,我放心了。不过,"指导员看着我,"你要多辛苦几天啰,我已上报上级机关,会有处理方案的!"

通讯员夜里来帮忙,白天人家有工作呢。我像《三国演义》里的常山赵子龙一样,把小娃儿揣在怀里,用背包带扎紧。我早晨给小猪崽做饭时多做一点。黄澄澄的小米汤加藕粉,营养不低呢,大铁锅熬的,很卫生。小娃儿很机灵,他看见铁锅里黄澄澄的小米藕粉汤,又蹬腿撅屁股又哇哇哭,要我先喂他。我用我的两个碗把烫嘴的汤倒来倒去。我用舌头试试温度可以吃了。我把碗抵到小娃儿嘴边。小娃儿真会吃,"呼噜呼噜"吸饭出声了。小娃儿吃饱了,眼一闭睡了。我该喂我的小猪崽了。

第四天上午。我揣着小娃儿,嘴叼哨子,手执柳条子在山坡上放猪。在山坡上放猪有补充猪青饲料和锻炼身体的效果。猪兵们高兴,我也高兴。山坡上青草碧绿野花点点空气新鲜,我情不自禁哼唱老家豫剧《朝阳沟》里栓保的一段唱:"咱两个在学校整整三年……"

吉普车喇叭响。是两辆吉普车。肯定是首长来了。

我吹响猪兵入圈的哨子。来人是团政治处干部、连长、指导员,还有三位老百姓,两男一女。女的是我怀里小娃儿的漂亮妈妈。漂亮妈妈扑过来抱住她儿子又亲又哭。那天她在厕所低血糖昏倒了。那两个男人,一个是小娃儿的姥爷,一个是镇民政助理。女儿没事了,小外孙丢了。他们报告了镇政府……

爷孙三代人千恩万谢我。

我拨拉着头发苦笑了:"要谢我也中,给我的花斑母猪找个公猪吧……"

皓月当空,山风习习。我和小娃儿的漂亮妈妈、姥爷趴在一块大石头后边。我身边还放着一支半自动步枪。前边三十多米处有一棵山枣树。我唯一的花斑母猪在山枣树下卧着,一根细细的白色尼龙绳连着树干和它的后腿,它的肚子下是一铺干草,还有一盆猪食。花斑母猪吃着哼着,一会儿它吃饱了,闭目养神。今日是花斑母猪的发情期,它在等候公猪呢。小娃儿的姥爷给我讲了一个故事。小娃儿姥爷的老家在距此五十里的深山里,他参加工作前和爹爹靠养母猪售猪娃儿过日子。他家有一头种猪五头母猪。倒霉,那年他家的种猪跌崖摔死了,他和他爹养猪的生计歇菜了。他爹是聪明人,说找野猪配种也许能成。这山里有野猪……

"注意注意,野猪来了。"小娃儿的漂亮妈妈小声说。她本不该来,但她担心老爹的身体,老爹有老寒腿呢。

我定睛看,果然一头又高又长的白色野猪从山上一步一步走下来了。野猪的长嘴巴尖耳朵我都看清楚了。我把半自动步枪端起来,打开了保险。我担心野猪把我的花斑母猪吃了。我的枪法还是可以的。尽管老爷子说家猪野猪都是猪……

我的花斑母猪看见野猪了,它有点紧张,想逃但尼龙绳拴着腿呢。一会儿它不紧张了,野猪并不咬它,而是围着它转圈,亲它的耳朵拱它的屁股……

李望接着说:"我下月要收徒弟了。咱营二三四连的猪饲养员们要拜我为师呢……"

"老乡,你干得不错。我觉得你立个三等功十拿九稳!应了咱老家支书伯伯的话了——共产党不会亏待你的!"

"有了三等功,你也许会被保送上军校,最次也转成志愿兵……"

三

三连报上来的立功人叫胡磊。我对胡磊不陌生。我写过一篇他舍血救人的通讯,在师政治部宣传科办的《战地报道》上发表了。通讯标题是《血红的朝阳》。

胡磊是北京人,七一年兵。知识青年上山下乡他去了河南嵩山。他是从嵩山入伍的。

工程建筑六六六团一营三连在另一座山顶施工通风洞工程。通风洞是地下"宫殿"不可缺少的工程,整个大工程需十多座通风洞呢。他们在山顶用油钻、风钻、炸药、雷管、小型装载机平整出四块篮球场大小的地方。两块是生活区,他们搭了二十顶帐篷,分别为连部、俱乐部、厨房、餐厅、战士宿舍。两块是军事训练场兼篮球场。通风洞工作面距他们营区一千米。安全要求必须有一千米距离。开工半年,工作顺利,进度达标,团长来现场视察几次。在与团长的联欢会上,三连文艺骨干胡磊即兴表演的自己根据革命样板戏改编的京东大鼓书《杨子荣打虎上山》,赢得了团长和战士们热烈的掌声。团长还和胡磊合了影,和我们全连官兵合了影。胡磊是"老三届",在学校就是文艺骨干,吹拉弹唱编都能露几手。

到了八月一日,三连着夏装。按军委后勤部规定,五月一日就着夏装了。他们山上海拔高气候冷啊。一天交接班,二排空压机操作手胡磊满脸通红,连卫生员小齐伸手一摸,哟,好烫!连队卫生员小齐说:"你感冒了,挂吊针吧!"感冒,对工程兵战士来说,小毛病一个,输两瓶消炎退热药就万事大吉了。

夜半,卫生员小齐突然闯进连长的卧室:"报,报告——胡磊病危了!"

胡磊脸色蜡黄,双目紧闭,呼吸微弱。

"团卫生队吗?我是一营三连长周天。我连战士胡磊要完蛋了!快来快来!"

"你们马上输氧输血!救护车马上出发!"

"是!"

连队卫生室哪有氧气?

"谁是O型血?"卫生员小齐大喊。

"我!"

"我!"

"我!"

当兵的都知道自己的血型。七八条胳膊伸了过来。连长和卫生员的呼叫声惊醒了他们。

但战士们的血不管用。胡磊停止呼吸了。

苍天不公!

团卫生队的救护车和团长政委的吉普车前后脚到。

团长抱住胡磊放声大哭。他喜欢这个兵。他是天津人,他喜欢听这个兵表演的京东大鼓……

"咦?"团长突然不哭了,"小胡没死,他还活着,我听到他的心跳了!"

卫生队长马上剪开胡磊的衣服,主治医生把听诊器叩在胡磊的胸脯上。"听到了,听到了!"主治医生闭眼屏息听,好长时间他听到了一个非常微弱的心跳。

"抢救!马上抢救!"团长大声命令着。

人工心脏复苏、强心针、嘴对嘴输氧、按摩双足……

谢天谢地,胡磊的心跳越来越稠……

主治医生把卫生队长拉到一边悄声说:"小胡恐怕患了'出血热'!"

"什么?"卫生队长大吃一惊。他重新俯身观察胡磊的胸部、腰部、腿部,有不少小红点呢。

卫生队长又急忙把团长拉出来低声报告:"小胡患了'出血热'!'出血热',是我国卫生部确认的烈性甲种传染病。主要特点发高烧,浑身出现红斑点,死亡率很高……"

团长当机立断命令三连迅速腾出一顶帐篷,原地对胡磊进行隔离治疗。

卫生队长和主治医生又说,"这种病目前我国还没有什么好的治疗方法,也没有血清疫苗。美国苏联有,但人家不给我们……"

卫生队长和主治医生还说:"目前我们对待这种病的治疗方法是原

始的,物理降温,增加营养,按摩四肢,活动颈椎腰部,支持病人自身产生抗体……"

部队在大山深处施工,生活标准比老百姓高,每月每位战士十三元伍角钱生活费,四十五斤口粮。连队不缺细米白面,鸡鸭鱼肉定量供应,但有营养的高蛋白的东西没有。他们全连干部战士想尽一切办法给胡磊搞有营养的高蛋白的东西。譬如一班长在党小组会议上表态:"我是O型血,胡磊要多少我给多少!"养猪兵小王慷慨激昂:"我的母猪下崽了,我每天给胡磊挤一大碗猪奶!"还有四排长说:"我明天发电报,叫我媳妇来。我儿子十个月了,可以断奶了,人奶肯定比猪奶营高!"还有十六班长:"明天是星期天,我下河沟里看看,抓几条鱼给胡磊熬汤喝,保不准能抓到老鳖哩,老鳖汤老鳖裙营养最高了!"

两个星期过去了。老天保佑,胡磊过了危险期,能大口吃饭了,能下地走路了。但又一个大大的问题出现了:三连又有十五位战士出现了和胡磊一模一样的症状:发高烧,出红疹子,高烧不退!团长来了,师首长来了,兵种首长来了。他们各带一支战地医疗队,在三连俱乐部开紧急会议。兵种首长站起发布命令:"用五个半小时在训练场篮球场上再搭二十顶帐蓬,设立临时战场医院。患病战士一律入院治疗。医生、护士、营养护士包床位!"兵种首长坐下喝一口水又说,"我现在正式通报你们:三连出现'出血热'的事情,我已上报中央军委、总后勤部。军委首长、总后首长有指示:对病员实行一级隔离、积极治疗、认真护理、保证供应。总后防疫专科医院战地医疗队二十四小时内到达……"

深夜,第二次会议。

兵种首长继续介绍情况:"大雾封山,空军直升机数次飞临上空,看不清目标,无法降落!总后战地医疗队只好改乘汽车,并有一个工兵排开路、带路。但是他们到达恐怕七十二小时之后了……"

团卫生队长嘟囔道:"专家们来有什么用?没有防疫菌苗、没有血清,老天爷来也没用……"

师卫生院院长,一位年过五十的老军医点着头:"是的,是的……"

兵种首长愤怒的一拳砸在乒乓球案子上。

"出血热"是一种非常可怕的甲类传染病,它是背上有一条黑线的老鼠传染的。这种黑线鼠从你的皮肤上爬过,你就被传染上了。历史上曾有几个民族被这种病毁掉了。目前我们国家治疗"出血热"的方法只有两种。一种是精心照顾病人,促进病人尽快产生抗体。另一种方法是抽患过此病的人的血,注射给病人治病,注射给健康人防疫……

团长站起敬礼:"报告兵种首长,我建议在各部队寻找患过'出血热'的战友……"

兵种首长略一思忖,拿起身边军用电话:"接兵种参谋长……"

尽管兵种首长亲自坐镇,尽管战地医院已经建立,尽管医生护士岗位责任制已到位,尽管营区周边已展开了消灭黑线鼠战斗,战士们的被褥也一天一晒,但"出血热"漫延的速度没降下来,今早又有七位战友进了临时医院。兵种首长第三次召开紧急会议,再次电话报告兵种参谋长。

情况是:总后防疫专科医院集中了五千毫升血清,但还是天气原因运不到巴山。该死的梅雨季节,该死的大雾……俱乐部里各级首长与参加会议者都不说话了。只有几只上海全钢防水手表秒针跳动的声音:"嗒——嗒——"

"报告!"门口传来一个低低的、弱弱的声音。

"进来。"兵种首长还是听见了。

一个瘦高个子,双颊瘦削,面有菜色,着条状病号服,拄着一根木棍的战士出现在大家面前。他是胡磊。他虽已过了危险期,但还在休养恢复中。各级首长的到来,战场医院的建立,各种治疗防疫措施的实施他都知道。他内心热乎乎的,我们的党、军队、战友对患者是多么地负责任啊。今早他看见又有七位战友入院,刚才又听到消息,五千毫升血清今明到不了,后天也不能保证到……他躺不住了,心里翻江倒海:

"我已过了危险期,我的血就有免疫功能……但是我这身体弱,我这血管细,都怨老娘七个月就把我赶出来……抽我的血,我有没有危险啊……"

但胡磊转念又想:"胡磊,你太自私了!如果团长不来三连,如果养猪兵小王一天不给你挤一碗猪奶,如果排长媳妇不把给十个月小宝宝吃的奶给你吃,如果南方人十六班长不去捉老鳖……你现在应该在阎王爷门口站岗呢……"

胡磊呼地起身下床,抓起身边自制的拐杖,身体摇摇摆摆,向俱乐部奔去。

"报告首长,可以抽我的血。我好了,我的血有免疫功能……""胡磊,回去,开玩笑!你还没恢复过来呢!"团卫生队长大声呵斥。这是他部队的兵、他直接负责的病员。

"队长,我不是开玩笑,是真心的。我的病已经好了。你看,我不需要拐杖了!"胡磊把手中的木棍扔掉了,成立正姿势。

"胡磊,回去!我命令你!你的恢复期没结束,我知道!"卫生队长是医生,医生是按医学科学办事的。

"报告——"

"进来。"

"又有五名战士发高烧了!"连长进门敬礼。

兵种首长站起来了,所有的与会人员都站起来了。

"他妈的!他妈的!"兵种首长双手揪着自己的头发如铁笼子里边

的雄狮。这位身经百战,身上伤疤九块的老红军此生怕过谁?但这摸不着看不见的"出血热"病毒却使他无计可施……

"报告队长,"胡磊前跨一步,脸色涨红了,声音提高了,"你说吧,我的血管事不管事?"

"嗯……"团卫生队长没想胡磊会提这样的问题。从医学原理上讲应该是防病治病的。因为已经过了危险期嘛。身体弱是另一回事……团卫生队长把目光投向师卫生院长。他心里有点含糊呢。

师卫生院长缓缓地点了点头。

"这不得了!"胡磊后退一步,以迅雷不及掩耳的速度取下连长腰间的手枪,子弹"咔"地推上膛,打开保险,手枪顶在自己的太阳穴上:

"中国人民解放军战士胡磊命令你们——取我 2000 毫升血,救全连的战友们——"

胡磊如此病体,一次抽 2000 毫升血,多否?肯定多!科学吗?肯定不科学!但在那种情况下,在场首长、医生必须执行胡磊的命令……

血抽到 1900 毫升,胡磊倒下了……

老天又一次保佑了胡磊——胡磊昏迷七十二小时五十一分钟醒过来了!

……

四

四连报上来的立功人叫张品。

材料开端这样写:我工程建筑六六六团一营四连九班班长张品同志,一九七〇年入伍,党员。他成功地截回了一位因特殊原因当逃兵的九班战士李力……

我前前后后采访他们三次,两次一对一采访,一次一对二采访……

星期六早上，九班长张品发现新兵李力的黄军挎包没了，头发呼地竖了起来，眼前一黑，瘫在地上。"新兵蛋子，不听劝呀！"三分钟后张品班长清醒了，他大声嚷着，疯了一样冲出了门。

这些日子，部队核工程施工连连出事故，几乎天天见红，昨天还死了一个新兵。是那新兵睡着了，被装载机推到导洞里了。工程兵是现在最高危的兵种，尤其是做大山里的核工程，任务重，工期短。老兵们都说："咱们是大门进对了，小门拐错了。"张品班长知道新兵李力要回老家去。他爹和他出了五伏的伯父正在老家修缮李家祠堂呢。他伯父是南洋橡胶国大富翁，有亿多美元资产呢。他伯父无后，和他爹商定：过继李力为养子……

张品班长知道李力一定不走大道抄小路。小路是猎人和采药人开辟的，弯曲陡峭，危险难走。这是国家特级保密核工程，方圆近二十平方公里被水泥桩铁丝网围着。出入施工区须有团以上保卫机关的通行证呢。只有走小路，直插西南方向的货运通道才有可能混出去……

张品班长特别清楚新兵李力的智商，这个兵是他从太行山腹地接来的，是他的同山老乡，大个子，大鼻子，大眼睛，大脸盘，一表人才，是学校篮球场上的一员虎将。张品班长就是在接兵部队与学校篮球友谊赛中，相中了这个兵。李力在学校学习成绩名列前茅，在新兵连训练和连队国防施工中表现都不错：射击、投弹、刺杀、越障碍及坑道清炮口、打风钻、装炸药、编钢筋、挂网、喷浆技术技巧都很熟练。连长夸他是棵好苗子……

"快走快走！"想到李力，张品班长的神经又绷起来了。小路上有处险要叫"蝙蝠壁"。头上"一线天"，左边是峭壁，右边是深渊。攀"蝙蝠壁"，必须先迈左脚，如果你迈了右脚，那就没命了。半年前他们部队搞军事对抗演习，张品他们尖刀班就是在一位老猎人的带领下通过此险壁抄了"蓝军"的指挥所!

张品班长越想越害怕,他的脚步更快了。上坡时手脚并用,下坡时跌跌撞撞。他还边走边喊:"李力!李力!"

"李——力——!"大山里回荡着他的喊声。

谢天谢地,看到蝙蝠壁了。"李力——"张品班长又大声喊着。

"班长,我在这儿呢。"一个熟悉的声音钻进张品的耳朵。

"在哪儿?"

"在这儿呢。"那声音无奈且凄凉。

张品班长循声望去,看见李力的两只胳膊、两条腿和身体形成"米"字状,紧紧地贴在蝙蝠壁中间的部位上。蝙蝠壁险恶名不虚传,人要通过必须像蝙蝠一样,手脚叉开,肚皮贴在石壁上,两只手,两只脚,一个窝一个窝地向前挪。壁上窝与窝的距离不相等,有时需要咬牙运气,有时需要吸肚子屏呼吸。但壁中各个窝都是固定的,踩第一个脚窝时,必须先迈左脚。如果,习惯性地迈了右脚,那么,必死无疑。因为,第七套窝距离太远,右脚踩不上。踩不上,退回来吧!但,这是单行线,又退不回来。人就像耶稣被钉在十字架上一样。能吊多久?时间不长,手脚就麻木了,没力气了,稍一松劲儿,就坠入深渊完蛋了。当地猎人、采药人都知道,过蝙蝠壁必须先迈左脚。这么重要的事,李力也知道啊。那次演习他参加了,他有记日记的习惯,肯定会记下的。他怎么会忘了呢?!

"李力,你这个大笨蛋,你肯定先迈右脚了。"张品班长失声叫着爬了上来。

"是的,班长。"李力哭了。"出来时我还翻了日记,是先迈左脚,不知咋的,到这就忘了。噢,是那两只猴子当着我的面办坏事,分散了我的注意力。"

"别说了,别哭了,省点力气,坚持!"张品班长站在蝙蝠壁的这端,气喘吁吁,"让我想想办法。"

张品班长紧皱眉头,蹲在地上,用一块石头在地上画着。他精神集中地思索着:前走……后退……

张品班长把蝙蝠壁上所有的手窝儿脚窝儿都画在地上。他看着自己画的地图,嘟囔着:"掏腿不中,前迈不中,后退不中……该死的蝙蝠壁,真要送我的战友到阎王爷那里去吗?!"

张品班长站了起来,对着蝙蝠壁又仔细地观察着……哎呀,这第七套手脚窝儿与第八套手脚窝儿中间凸出一个疙瘩。哎,这是石头疙瘩还是木头疙瘩? 张品班长捡起地上的一块石头,嗖地掷了过去。张品班长学前是太行山里的放羊娃,掷石块打目标百发百中。他为连队伙房打过几十只野兔子哩。"嘭!"石头不偏不倚正中那疙瘩。"啊,是木头疙瘩!"

"是什么木头呢?"张品班长又弯腰捡起一块石头掷了过去。

"嘭!"又一声响。

"噢,是榆木疙瘩!"张品班长这个在太行山里长大的小伙子,凭声音辨木头是他的又一特长。榆木是木质特别坚韧的木料,悬崖上的榆木是很结实的,因为它的根扎得又深又长。

嘭!嘭!嘭!张品班长又照榆木疙瘩连击三块石头。锈在榆木疙瘩上的泥土脱落了。榆木疙瘩约一个半拳头大小。啊,老天爷睁眼了,战友李力有救了。

张品班长的想法是:李力两只手用劲死死地抠着手窝儿,把身体重心上引。在这瞬间李力的左脚挪到榆木疙瘩上。还是在这瞬间,李力的左脚离开榆木疙瘩,右脚迅速落在榆木疙瘩上。同时左脚踩住了第八套脚窝儿。同时左手也落在第八套手窝里……

"班长,我想尿尿。"

"尿到裤子里!"

"班长,我还想拉屎。"因为紧张李力的大肠功能紊乱了。

"拉到裤子里!"

张品班长又整理了一下思路。拉了拉自己的衣襟,整了整自己的军帽,大声喊:"战士李力!"

"到!"李力本能地答道。

"我命令你……"

……

李力得救了。毛主席万岁! 中国人民解放军万岁! 工程兵万岁! 老天爷万岁! 李力扑到张品的怀里呜呜地哭着,哭得全身抖动。

"男儿有泪莫轻弹,别哭、别哭,快把裤子脱下来,臭死我了。"张品班长拍着李力的肩膀说。

张品班长散劲了,不知李力累不累,反正他是疲劳极了。他头皮一阵阵发麻,耳朵嗡嗡响,双腿像灌了铅。他一屁股坐在石头上,又用手指着身边的石头,有气无力地说:"李力你也累了吧,快坐下歇会儿吧。"

李力能不累吗? 他是到阎王爷那儿兜了一圈呀。他不是坐在石头上,而是趴在石头上。

红太阳当空,暖风习习。他俩都闭上了眼睛。顷刻两个大兵鼾声大起,尤其张品班长的鼾声两长一短,如贝多芬的交响曲,如工程兵文工团男女声二重唱。花羽毛长尾巴的小鸟落在他们脚边的灌木丛上,歪着头看着他俩啾啾鸣叫。他俩听不见。小松鼠在他俩身边蹦来跳去,像给他俩表演舞蹈。他俩不知道。一只火红尾巴的狐狸远远地望着他俩,时不时用前爪捋捋胡须,不敢前进。两只小猴子,就是刚才在李力面前办坏事,分散了李力的注意力,差点要了李力小命的那对猴夫妻,蹑手蹑脚地走过来,蹲在两个大兵的头顶处看看这个又相相那个。突然两只小猴同时用手捂住自己的鼻子,一溜烟儿跑了。

"嗯,什么味儿,这么臭?"张品班长睁开了眼,用手扇赶着刺鼻的臭味。啊,原来是李力身上的味儿!

"李力,李力,快起来,睡到下风头去。"

李力醒了,但没有睁眼,连爬带挪,在张品班长的左边又打起了呼噜。

但张品班长睡不着了。他睁开眼,望着眼前的崇山峻岭。巴山是很美的,有"遥看瀑布挂前川"的水帘,有原始森林,有花果峪。眼前的山的形状,是一幅高级水墨画。山尖尖似一柄长剑直插云霄,左山肩如一位美女梳理长发,右山肩如一尊雄狮仰天长啸。

张品班长转头看着熟睡在自己身边的李力,眉头皱成一个大疙瘩……

李力的行为是什么行为?这是逃兵行为啊!不,这是叛逃行为啊!上纲上线说,是叛党叛国叛军的行为!在战争年代要是抓回去一准枪毙,就是今天也免不了开除军籍、遣送老家、劳动改造……

张品班长越想越恼,他情不自禁地攥起拳头,向身边的李力砸去:"打死你这个可恶的逃兵!可恶的叛党叛国叛军的坏蛋!"但他拳头接近李力的胸脯时猛地停住了。解放军不准打人这是其一。这个兵是自己接来的,喜欢还喜欢不够呢,这是其二。他喜欢李力强健的运动健将般的体态,他喜欢李力在篮球场上左突右冲的霸气,他喜欢李力好读书学习、记日记的好习惯,他喜欢李力干活踏实卖力的劲儿。他认为这个兵比自己有出息,在部队上培养几年肯定能提干,肯定是个优秀的军事干部。所以他把这个兵接到部队……他娘的,谁想这个兵竟有海外关系呀!不过,在家族排辈,是出了五伏的伯伯,按政策不能算是海外关系。他爹给他来的信,张品班长见了。那是他当兵入伍之后,南洋橡胶国出了五伏的伯伯回来了……张品班长也很高兴,自己亲如兄弟的兵有了这样的前程谁能不高兴呢？如果李力到了橡胶国,当了企业的大老板,再引资回国办工厂,自己还能沾点福气呢……

可现在,唉！张品班长的拳头又举了起来,但又无奈地放下来。

"李力,李力,你给我站起来！"张品班长大声地吼。

"是。"李力从梦中惊醒。他噌地跃起,成立正姿势。

"李力,你这个新兵蛋子！"张品班长眦眦俱裂,暴跳如雷,"你知道我们干的是什么工程吗？国家特级保密工程！你知道你这是什么行为吗？是逃兵行为！是叛党叛国叛军的行为！"

张品班长再也控制不住自己了,一拳挥去打在李力的胸脯上。李力晃了晃,没有倒下。

张品班长反而蹲在地上,双手捂着脸呜呜地哭起来："早知这样,不接你到部队来了。"

此时,李力倒慌了神。他弯腰抱住班长的头,拍着班长的背说："别哭了,别哭了,你不是说男儿有泪莫轻弹吗？这不怨你怨我。开除军籍、坐牢、枪毙我认了。不过,"李力的声音放低了,"我真是大门进对了小门拐错了,来到这天天出事故还要死人的工程兵部队。你说班长,"李力的声音提高了,"战争年代枪林弹雨死人不足为奇,怕死就别当兵！可现在是和平年代呀,谁想死呀,谁都想过好日子呀。班长你说,"李力晃着班长的肩膀动情地说,"明天我要是死在坑道里,亏死了呀。我伯父的愿望落空了,我爹娘的愿望落空了,我的愿望落空了。你不也有想法吗？你爹娘的身子骨不好,你的两个哥哥还是光棍。我要是去了橡胶国,当了家,我投资家乡建工厂。我先叫俺村的九个光棍来当工人,再叫你的两个哥哥也来上班,现在的闺女们眼皮薄,娶她们当老婆不难。我还要我的爹娘、你的爹娘、村里的叔叔婶婶们、爷爷奶奶们住上新瓦房吃上白蒸馍……"

张品班长不哭了,他把李力拉到自己怀里,久久不语。李力的想法他知道,他甚至很佩服李力的为人……

但是,张品班长的内心纠结得非常厉害。一方面他想,李力选择出逃国家特级保密工程施工区回老家见自家爹和伯父是逃兵叛党叛国叛军行为,不能原谅;另一方面他又想,李力这样做,是想为国家和家乡的老百姓及战友们多做点事,又情有可原。张品班长思来想去,最后决定,一定要帮李力逃过这一劫。用什么方法呢?方法很简单——就以昨天负伤的副排长为缘由,在山上打几只野兔子带回去,给他补补身子。这事也就过去了。但是,张品班长清楚,自己也实实在在地犯了包庇罪!

李力是个聪明的战士,他知道班长的这个谎一旦撒了,他就平安无事了。但班长就背上了沉重的十字架呀。

"班长,"李力弱弱地说,"咋成这样了呢?"接着,李力咬着牙说,"你救了我,我跟你回去,你如实报告吧。"

……

良久,张品班长搬过李力的脸,足足盯了一分钟,说:"你必须认识到你私自离开国家特级保密工程施工区回老家是逃兵行为,是叛党叛国叛军的反革命行为!如果在战争年代我会毫不手软的枪毙你!就是现在,连长指导员知道了你的出逃行为,也不会轻饶你的,开除军籍遣送老家是一定的!但我要保你。现在是和平时期,如果你真能从橡胶国弄回钱来,在家乡办厂,你高兴,你爹娘高兴,你们村里人高兴,我也高兴!咱们部队也高兴,咱们党、咱们国家也高兴哪!"

李力闭着眼睛不语。他在想天天出事故的事。

张品班长知道李力在想什么,说:"安全问题是大事也是小事,我打了三年坑道,我知道。咱们工程兵的事故死亡率比煤矿还低。只要领导重视,事故发生率一定会降下来的,也许是零呢。抓安全的副团长,参加兵种安全培训班了,月底就回来了。"

张品班长像是对李力承诺,又像是自言自语:"回营以后,上下班你都跟着我。我不用你清炮口、打风钻、挂网、喷浆。你只负责卷纸药筒、往纸药筒里装药、蜡封。我保证两年以后,你囫囫囵囵的去橡胶国……"

红日偏西,远山近水,穿上了金色的彩衣。张品、李力两个大兵各拎着两只野兔子,兴冲冲地返回营地。

"日落西山红霞飞,战士打靶把营归……"

"雄伟的井冈山,八一军旗红……"

"说打就打说干就干,练一练手中枪刺刀手榴弹……"

两个大兵开始合唱,后来一人唱一首,比赛似的。四只兔子随着他们两臂摆动前后飞舞。虽是山路但步伐也整齐划一。唯一遗憾的是他们身上的臭味依存,脸也脏的像花狗娃儿似的……

"娘呦!"

"妈呀!"

两个大兵几乎异口同声地惊叫。

接着"扑通""扑通"的声音。

天哪,天哪!两个大兵一起跌入路边的腌大疙瘩菜的池子里了。

乐极生悲,真是乐极生悲啊。

这个腌大疙瘩菜的池子,是石头块和水泥砌成的。大疙瘩菜是当地的名菜,脆生生的,可爆炒可生拌,全国人民都喜欢吃。池子是这里常见的腌制大疙瘩菜的容器。在宽敞的大疙瘩菜地里挖一个大坑或方或圆,面积五百平方米左右,深度三至五米。先用石头块、灰浆砌垒,再涂两公分厚的混凝土,里面用抹子抹平抹光。再放上水、盐、茴香、花椒等佐料。

当地的大疙瘩菜菜农们,把从地里刨出来的大疙瘩菜运到河里,用水洗净,然后整筐整筐地倒入腌制大疙瘩菜的池子里。一个池子能腌制几千斤大疙瘩菜。大疙瘩菜腌制的时间最短三个月。春节前夕菜农们把腌制好的大疙瘩菜卖给县、乡、农村供销合作社。供销合作社再通过自己的行销渠道销往全国。现在腌大疙瘩菜的季节已过,大疙瘩菜池子里面的咸水,人们习惯叫卤水,仍保存在池子里。来年,菜农们再放些盐和佐料再用。据说,这卤水年数越多越好。大疙瘩菜池子用时上面盖着大塑料布,还有专人看护。不用时,无人看守。庄稼秸秆、树叶、草屑、尘土落满了塑料布。乍一看去,如一片平平的大疙瘩菜毛地。

"哎呀!""哎呀!""扑哧!""扑哧!"两个大兵在大疙瘩菜池子里挣扎着。突如其来的灾难,他俩懵了。他俩向池边游去。大疙瘩菜池子水深两米,他俩开始都没影了,后来相继浮出水面。"啊,呸!""啊,呸!""好咸!""好咸!"

"李力,快游过来。"张品班长伸着手接应。

两个大兵手扶着池壁,稳定住了身子。他们惊魂稍定。他俩你看看我,我看看你,同时,哈哈大笑:"班长,你看看你耳朵眼里、鼻子眼里、脖子里都是盐虫!"

"说我呢?"张品班长笑得更厉害,"你嘴角还有两条呢。"

"啊,呸!"李力又本能地呕吐起来。

"别吐了!别吐了!"张品班长又笑起来,"刚才我咬了三条,嘎嘣嘎嘣咸着呢。"

"班长,"李力仰头看着天,又哭了,"咱们怎么上去呢?今儿这事对我李力来说真是祸不单行啊,或曰下煤窑挂拐棍——处处捣(倒)煤(霉)啊。"

"别着急,让我想想。"张品班长已经在考虑这个问题了。

"这大疙瘩菜池子的卤水面,距地平面约两米……"

张品班长有主意了:"你到我身后来。我蹲在地上,你踩在我的肩上,咱俩搭人梯,你先上去。"

"嗯?"李力睁大了眼睛。他清楚班长是要憋气蹲入卤水中,等他爬上他肩头,他再站起来。但是班长在用力站起来时必然要运气聚集力量,弄不好要喝几口卤水的。

"不,班长,我打底,你先上。我个大,你个小,分量轻。"

"服从命令!"张品班长不由分说,憋气蹲入卤水中。

"是。"李力服从命令站上了张品的肩膀。服从命令是军人的天职啊!

"起——"张品班长大喊一声,站了起来。两口和着盐虫的卤水也不客气地进入了他的喉咙,进入了他的胃囊!

李力上去了。张品班长怎么办?张品有的是主意:"李力,快去附近找找,弄根长棍或树枝来,把我也拉上去。"

班长真聪明,鬼点子真多。李力心里说。

但,事不随心愿,附近没有木棍,有几棵小榆树,他费了九牛二虎之力也折不断。

李力徒手而归,满脸沮丧。

"别丧气。"张品班长笑着说,"我还有门儿。把我俩的腰带解下来接在一起……"

"嗯,这门儿好。"李力又喜出望外了。但他马上又沉下脸来,"不成,班长,长度不够!"

"再加两条武装带!"

"……还不够!"

"把咱俩的军装脱下来,拧成绳!"张品班长果断决策。

"军装可舍不得呀。的确良军装多珍贵呀。家里的同学来信都想要一套的确良军装呀!"李力大声嚷起来。

"也对。"张品班长也同意李力的说法。张品只剩这一套军装了,那一套给了老家的大哥,二哥还没有呢。

"这样吧。"张品班长又有新主意了:"你掂上这四只野兔子,先回营房吧。回去报告连长,请他派战友们来救我……"

"兔子呢?兔子呢?"李力觉得这个主意好。李力转着脑袋四处找。

刚才失足的一刹那,他们手中的兔子,两只抛在了大疙瘩菜池子西边的草丛里,两只落入池子里。

"你等着,我把这两只抛上去!"张品班长说。

"班长……"李力迟疑着。他知道这一来回至少两个小时。山里气候变化快,温度很快就下去了,两个小时,不把泡在大疙瘩菜池子里的班长冻死才怪呢!

"班长,不成!那会冻死你的!"李力坚决反对。

"不会的!不会的!我不停地活动,就冻不死。"张品班长十分自信地说。

"班长,班长……"李力犹豫着,"要不,要不,咱们舍了军装吧?命要紧哪!"

"服从命令!"张品班长拿出杀手锏。

"是!"李力无可奈何,拎起四只野兔子就跑。

"李力!"张品班长在大疙瘩菜池子里大声喊。

李力又拐了回来。

"交代一件事,"张品班长一本正经地说,"万一,我说的是万一呀,我有不测,我的两个哥哥,还有爹娘就交给你了……"

"是。"李力泪水夺眶而出,敬了一个标准的军礼。

李力一手拎两只野兔子,两手拎四只野兔子,飞奔在回营区的山路上。这时,他想的是尽快回到军营报告连长,发兵来救班长。咦,前边一道壕沟,他攒足劲儿一跃而过。咦,前边一个沙土陡坡,他屁股着地,双手擎着四只兔子,像儿时溜门前长条青石滑坡那样"哧溜"到底了。咦,一条细细的长藤把他拌了一个狗吃屎!那根山葡萄藤太细、隐蔽太好了,他没有看见。他的四只野兔子飞了。他的膝盖蹭破了,钻心地疼啊。他爬起来,抽着冷气,忍着疼,清理着膝盖伤口里的草屑……

他活动活动双腿,虽然疼,但还能走路。他寻找到了山坡上灌木丛里的四只野兔子,又开始行军了……

蓦地,一个大大的问题闯进了他的心里:我出逃国家特级保密工程施工区回老家见爹和伯父是逃兵行为,是叛党叛国叛军的叛徒行为。这种行为无论在人民解放军的部队里还是在地球上其他国家的部队里,都不会有好果子吃!蹲监狱、开除军籍都有可能!人民解放军也许惩罚最轻,但不蹲监狱也要开除军籍武装遣送回老家武装部。老家武装部和地方革命委员会也不会轻饶自己……

"不过,这事连长指导员是不会知道的!"李力又自言自语。自己的班长张品,那是一个顶呱呱的男子汉,百里不挑一。他既然承诺要保护自己,不向连长指导员报告自己逃跑的事,他会信守诺言的。况且,他还有事情求自己帮忙。他还有具体的安排:两年后让自己匆匆囫囵离开部队去橡胶国接伯父的班……

还有,这手中的四只野兔子,是为受了工伤的副排长逮的,安排得多么周密呀……

"一二一!一二一!一二三四——"李力大声喊着号子。他心里高兴呀,他为自己能遇上一个这样的好班长好大哥好男子汉而高兴。他的步子迈大了,步速加快了。班长还在卤水里呢……

"滴嗒——滴滴嗒——"李力听见营区的军号声了。那是战友上中班进坑道施工的号音……

五

营部报上来的立功人叫闫兵兵,小名闫屁股。他爹娘省心,给孩子们起名大头、肚皮、屁股……闫兵兵,还是叫闫屁股吧,有特点,好记。他立功的事迹我知道,我们一张饭桌吃饭,原始材料也是我整理的,当然是营长、教导员命令的。

夜,零点。营部值班电话急促响起来。

"喂,哪里?"值班员抓起电话。

"我是部队长张胜,H市发生八级地震,我命令你营轻装出发,一百二十分钟赶到H市东方红小区抢救受伤同胞!"

我们十分钟集合完毕,营长带头跑步向H市行进。H市距我营驻地近百公里,加之市区距离,一百多公里,这是急行军啊。你们知道什么叫"轻装"吗?就是只带武器、弹药、水壶、雨衣、压缩饼干!营教导员简短动员:"同胞们在流血,早到一分钟,就能少死一个人!你们不要忘了我们营是'井冈山'营,我们营参加过强渡大渡河的战斗……"

我营在H市东方红小区救人三十六个小时了。我们从地震废墟中救出九十九名同胞,现在我们在啃一块硬骨头——有一对母子被压在一楼地下室里。我们隐约能看见母子的身体,能听到小娃儿的哭声。而我们的位置在三层楼高的废墟上。部队长张胜亲临现场指挥。他首先命令掘进连开出一条通道,后命令抢运班把母子俩运出来。掘进扩洞好办,把母子俩运出来可是个天大的难题:单兵从开掘的洞筒里下去容易,但要把小娃儿和他母亲运出来谈何容易。根据声音体形判断,小娃儿会哭,肯定无生命之忧。女同胞截至目前没有肢体活动,没有声音,肯定是昏迷状态。抢运班的战友们你看看我,我看看你,面有难色……部队长张胜的眉稍微不可见地一扬,大声发布命令:"哪位战友把这母子俩救上来,本部队长给他记三等功一次!"

"我来——"一个熟悉的声音从我背后传来。是闫屁股的声音。他不是抢运班的人,是我营测绘班战士。"这小子!"我心里一紧。我也不是抢运班的人,但我知道完成此任务的艰巨性危险性,洞筒壁上布满钢筋头、小尖石、木料断茬,且余震不断,这明显是入虎穴下龙潭呀。但我想阻拦已来不及了,闫屁股已跳入洞筒中……

掘进连开掘的救人通道类似于我老家的红薯窑,闫屁股手脚并用,很快来到母子俩身边。是午夜地震的,大嫂子浑身上下只着一条红裤衩,小娃儿赤裸裸一个。小娃儿睡着了,嘴里还含着妈妈的乳头,时不时还吮吸一下。

闫屁股首先用手指去试大嫂子的鼻息,嗯,还有气儿,但呼吸微弱。闫屁股转身去抱小娃儿。小娃儿口中的乳头没了,"哇"地哭了。好响亮的哭声哪!闫屁股的眼睛湿润了。洞筒外废墟上张部队长和战友们的眼睛也湿润了。

"放捆扎绳、提吊绳!"闫屁股大声喊。

捆扎绳来了,闫屁股非常麻利地把床单裹在小娃儿的身上,把捆扎绳缠绕在小娃儿身上,上边留了个鼻儿。他是工程兵,捆挪吊装轻车熟路。

提吊绳也来了。张部队长肯定在上边支好了提吊的三脚架、装上了滑轮、滑轮槽里安好了提吊绳。闫屁股用提吊绳上的铁钩钩住了小娃儿身上的捆扎绳鼻儿。小娃儿还在响响地哭,闫屁股在小娃儿的胖屁股蛋儿上响响地亲了一口,大声喊:"起——"

小娃儿徐徐上升,小娃儿不哭了。他以为荡千秋呢。

该捆扎、起吊大嫂子了。闫屁股赶紧把自己的军装脱下来盖在大嫂子身上。长这么大,近距离看一个年轻女人的胴体,还是第一次呢。闫屁股心里有点慌乱紧张!"啪啪",闫屁股重重地拍拍自己的胸脯,平静一下自己的心情。闫屁股把大嫂子的身体调正,把她身下的褥子掀起裹住大嫂子。大嫂子"哼"了一声。可能闫屁股手脚重些弄疼了她。闫屁股俯耳道:"大嫂子,我们是中国人民解放军,我们救您来了!您的小宝宝已经获救了!"大嫂子的眼皮动了动,但没有睁开,泪水却从眼眶里溢了出来。大嫂子胖褥子窄,裹住大嫂子身体颇费劲呢,用捆扎绳把大嫂子捆扎好更费劲儿。大嫂子个头大分量重,要把绳子从大嫂子背下穿来穿去,还要把褥子紧裹到边碰边程度,闫屁股没一会儿就大汗淋淋了……

"咦,地怎么又晃了?"还有"吱吱呀呀"的声音?是又一次余震!这已是大地震后的第九次了。不过这次比前八次都厉害。

洞筒上一片呼喊声:"闫兵兵,怎么样了?不行,你先撤上来!"

"不撤,大嫂子还活着呢!"闫屁股本能地回答。

"闫兵兵同志,你抓紧时间捆扎,但不要慌。慌中易错!"部队长语重心长。

我的心则提到了嗓子眼……

"起——"闫兵兵把捆扎绳的鼻儿挂在起吊钩内并上了保险。他用尽吃奶气力向洞筒外的战友们发出了命令……

余震越来越厉害。闫屁股紧跟着大嫂手脚并用向上爬。他也要活命啊。还有,如果大嫂身体倾斜,他还要校正呢……

当战友的手抓住闫屁股手的时候,闫屁股昏迷了。

救护车拉着大嫂子呼啸而去。

闫屁股的军白衬衣被血染红了。营部卫生员用剪刀剪掉衬衣。闫屁股的前胸、后背、双臂、双腿上,被钢筋头、木屑、石头尖、砖头棱划了无数条伤痕。伤痕有深有浅。不管深浅，条条伤痕都在继续向外浸血……

"敬礼！"部队长向英雄闫屁股行庄严的军礼。

"敬礼！"在场的干部战士均向英雄闫屁股行军礼。

"敬礼！"我觉得闫屁股应该立二等功！

……

六

一连指导员徐北方老功臣了。他说："要那么多军功章干什么？让给我连战士授吧。"但团政委坚持给他报功。他的材料是团宣传干事提供的……

铁打的营盘流水的兵，部队连队每年送老兵迎新兵是正常现象，但一营一连送老兵的场面使人久久难忘……

工程兵施工连队的营房不是简易板房，便是拱形钢筋网覆盖苇席泥巴防水塑料布筑成的。一连的连队俱乐部兼餐厅是后者，面积不小，可摆放二十张圆桌八十条板凳。俱乐部今晚灯火辉煌，红灯笼、彩带、野花令人眼花缭乱。二十张餐桌上已摆上江涛镇酒厂酿的五十四度薯干白酒、连队炊事班安排的世上独一无二的四荤四素美味佳肴：连队自养的猪肉、牛肉、羊肉、兔子肉、山韭菜、槐花菜、野生黄花菜、猪毛菜。主席台背后的大黑板一排硕大的彩色粉笔隶书：欢送老兵复员离队聚餐文艺晚会。连副指导员是晚会主持者。他首先带领大家唱解放军军歌："向前向前向前，我们的队伍向太阳……"接着连长、指导员、复员老兵代表发言。几年同连同室而居，一起军事训练、施工、学习，现在要分开……那内心的痛不是用语言可以表达的。所有发言人数次哽咽……晚会第二部分是各班表演文艺节目。文艺节目山南海北五花八门，什么腔什么调都有：东北二人转、北京京剧、京东评剧、京东大鼓书、山西晋剧、陕西秦腔、河南豫剧、山东快板、四川高腔、小舞剧、河洛大鼓书、仿侯宝林相声……可谓百花齐放也！更主要的是内容逗得大家忍俊不禁、捧腹大笑,故事情节吸引大家大气不敢出,更感动大家的是以退伍老兵真人真事编演的数来宝、快板书、小舞剧……

瞧,小舞剧《烤军衣》开始了。此剧是新闻报道剧,说的是复员兵五班长智学的事。智学在中排第二张餐桌边呢。他一边往嘴里填猪毛菜,一边看自己一手带出来的本班战友大李的表演。连队水房内,一盆红红的炭火,五班长智学在炽烤着红领章的战士冬军衣。水房外营房整齐,月朗星稀,哨兵的刺刀闪着寒光。五班长智学烤的不是他的冬军衣,那是他班新战士闻文化、储风军、邹南海的冬军衣。这三位新兵入伍十个月了,冬军衣只有一套。明天师首长来视察,点名接见五班全体战士。五班在坑道施工中连破三项师纪录。总不能让新战士穿着有污渍、有皱褶的军装见师首长吧。五班长智学睡不着,爬起来到水房把三位新战士的军衣洗了,又燃着一盆炭火……舞剧是不说话的,故事内容是靠舞姿展现的……瞧,红红的炭火,绿色的军装,军装上红红的领章,五班长智学双手扯着军装做着各种各样的烘烤的舞蹈动作……

五班战士大李还真行,他自编自导自演的小舞剧非常吸引人。他的舞蹈动作时而刚劲有力、时而柔和缠绵、时而满面愁容、时而笑逐颜开……

战士们突然觉得五班长智学变成舞剧《红色娘子军》的党代表洪长青了……

晚会第三部分喝酒、敬酒、吃菜、说话。如果你不是在深山老林里做核工程的工程兵,你不会知道部队也需要养猪、牛、羊、鸡及采飞禽走兽、蘑菇野菜。施工部队战士活重吃得多啊,夏季冬季洪水冰雪封锁供应道路现象经常出现,所以老炊士兵们搞副业采野味烹调野味野菜有一手呢。今天老炊士兵们做的野味,用心良苦,让退伍老兵永远记住这个特殊的连队特殊的下酒菜……

喝酒猜拳行令每个地区有每个地区的风格,"哥俩好,六六六","刘关张,赵马黄","老虎杠子鸡"……

连首长们端着酒杯一张桌子一张桌子敬酒。特别是徐北方指导员喝得爽快,动情最大,满脸通红,泪流满面……

"洪军,你听清了,你的优点很多,待人热情仗义,干工作风风火火,不怕脏和苦,但你有个致命的毛病——脾气急、说话直,甚至急不择言,还有军阀作风!这在部队上还行,战友们了解你,原谅你,到地方可不行……"

"星火,你还恨我吗?大前年你入党我投了反对票,前年你当班长我又投了反对票,去年你提副排长我再次投了反对票。实事求是,你聪明好学文章写得好,也善于团结战友,军事训练和国防施工也是把好手,我为什么事事要压你一年呢?你天资好,进步快,挫折少!就人生而言,挫折少,不是好事!你是我们连的预提对象,如果不是你家庭出了变故,我是不会放你走的……唉,回去吧,父母妻儿需要你……我相信你这块金子在家乡也会发光的……"

"姬鸿,你明天带上你的档案去山下江涛镇实验中学找小敏老师吧。你在实验中学军训学生的时候,违犯了组织纪律谈恋爱了。战士不准和驻地老百姓谈恋爱!当然这件事你向我报告了。我当面严肃地批评了你,命令你遵守部队纪律,不能拿自己的政治生命开玩笑。但我暗地里调查了小敏老师,那是个不错的姑娘,她爸爸是该地区秘书长,我拜访过了,给你安排个工作没问题……"

"大山,我对你寄予厚望啊!我支持你复员回乡承包乡花岗岩公司。你入伍前就是那公司的工人,对花岗岩的开采、加工、行销不陌生……至于一万元风险抵押金嘛,我借遍了我能开口借钱的战友……但我是有条件的,你听好了……工作局面打开后,把咱连的恩友、占才、新娃、跃进招去当工人……你知道他们是孤儿,他的爹妈没有熬出三年自然灾害……"

亦副连长从军十五年了,家属随军了。吃住好办,住团部县城招待所,菜市场粮油店就在隔壁。亦副连长上班带领部队军事训练、坑道施工,下班随通勤车回自己的小家,辅导一儿一女写作业,吃老婆做的可口的家乡菜,幸福!但问题很快出现了——他一人的工资养不了四口人!

今日是八一建军节。上午十点县武装部召开茶话会,县武装部长主持会议。会议在县政府礼堂举行。政府礼堂布置得干净利落,横额,大字,大花朵。五十张桌子上摆着白酒、红酒、啤酒、饮料、花生、瓜子、苹果、大枣、葡萄,还有:面包片、馒头片、饼干、果酱、泡菜……与会者有县转业军人、复员军人、驻地解放军代表、县委县政府县人大县政协领导。县粮食局局长吕庚一也来了。他是大别山老红军,有发言任务呢。参加过抗美援朝上甘岭战役的县武装部政委带着驻地解放军十余位代表入场了。代表中有一营一连徐北方指导员。徐北方指导员左肩右斜背着一只褪了色的绣着红五星的军挎包,挎包里鼓鼓囊囊的。武装部政委首先安排徐北方指导员挨着老红军粮食局局长吕庚一坐下,接着又安排别的解放军入席。茶话会开始,全体起立唱军歌,县委县政府领导讲话,老红军粮食局局长吕庚一讲话,转业复员军人代表讲话,驻地解放军副部队长讲话……该最后一项了。喝酒、喝茶、嗑瓜子、吃面包片、吃菜聊天。徐北方指导员把左肩右斜鼓鼓囊囊的军挎取下来"咚"地放在桌子上。武装部政委一把拉过来:"啥宝贝东西?"

"啊,八一军旗红?!"武装部政委大叫一声。

"你说什么?八一军旗红?"老红军粮食局局长吕庚一眼睛瞪大了。

"真的是八一军旗红!"老红军粮食局局长吕庚一把四瓶陈年老酒抱在怀里闭上了眼睛……

老红军粮食局局长吕庚一和这酒有特殊感情哩。在部队他曾任该酒厂厂长三年有余呢!该酒的质量、包装、行销在他手里前进了一大步呢。若不是军委有政策,该酒厂现在还存在呢……

老红军粮食局局长吕庚一是该县的酒王,有人想拉吕局长走,武装部政委指着八一军旗红酒:"你们有这酒吗?"

转业军人、复员军人、现役军人们饮茶喝酒说话,自然离不开部队生活话题。野战部队军事训练呀,工程兵部队修桥修路打山洞参加核武器实验呀,空军部队飞行训练的咬尾摆脱俯冲改螺旋跳伞呀,二炮部队学习新型导弹操作技术及雷达网络升级呀。还有后勤保障基地建设家属随军子女上学呀。武装部政委递眼神给徐北方指导员。徐北方指导员心领神会,抓起一瓶八一军旗红白酒,用牙嗑嘣开了瓶,说:"我尝尝咱们巴山军区的八一军旗红!"说罢一仰脖子咕咚咕咚咕咚……

武装部政委伸手夺下酒瓶,嗔怒道:"你这新兵蛋子,酒能这样喝?这是咱们巴山军区大名鼎鼎的八一军旗红呀!"

"是吗?让我再尝尝。"徐北方指导员伸手又夺回酒瓶,一仰脖子又"咕咚咕咚"两口,然后咂吧咂吧嘴说,"一般般嘛!"

"你说什么?这酒一般般?"老红军粮食局局长吕庚一反问道。这酒是他的心肝肉呀,他在改进生产工艺提高酒质量上确实下了一番功夫,如他培养儿子读书到博士、职务到大公司总经理助理一样。谁都知道他为改进生产工艺取得一手资料,在车间连睡一百天,老婆冲进车间里和他理论的故事……他不允许别人说八一军旗红酒半个不字!

"小徐,你醉了,净说醉话。这酒是咱们老红军粮食局吕大局长,在部队任酒厂厂长时的一枚军功章呢,拿了军区后勤金奖呢。"武装部政委忙圆场。

"我没醉。我入伍前是伏牛山酒厂的工人,喝酒、品酒还是有点小能力的……"徐北方指导员梗着脖子。

"咦,遇到酒专家了?"老红军粮食局局长吕庚一的火气腾腾上冒。他站了起来,抓过桌子上的一瓶八一军旗红酒,左看看右看看上看看下看看,又举过头对着日光灯看纯度,然后用筷子熟练地撬掉瓶盖,咕咚一口下肚,吧唧吧唧品味,好香啊……

"小鬼,这酒你能几瓶不醉?"老红军粮食局局长吕庚一眯眼看徐北方指导员。吕庚一是大别山老红军,称下级军官小鬼是习惯。

"两瓶!"徐北方指导员伸出两根指头。

"吹牛!"老红军粮食局局长吕庚一笑了,把手中的酒左手抛出右手接住,"《水浒传》里武松喝的酒是三碗不过冈,我这八一军旗红,你一瓶喝不完就趴下了!"

"吕老前辈,吕大局长,如果小兵蛋子不趴下呢?"徐北方指导员左手抓一瓶八一军旗红,右手抓一瓶八一军旗红,双眼直逼老红军粮食局局长吕庚一……

武装部政委生气了,像是真的生气了:"小徐,你这个新兵蛋子,不得无理!吕老首长参加革命的时候你还穿着开裆裤呢,你给我坐下,马上给老首长赔礼道歉!"

"没事没事。老孙,你的这个战友真的有酒量?"老红军粮食局局长吕庚一为官多年,场面上的事他很会处理。

"这个,这个……"武装部政委有点结巴,"听说他是伏牛山酒厂老厂长的儿子,反正酒量在他们师无敌……"

"噢!我遇到对手了?"老红军粮食局局长吕庚一瞪大眼睛,认真打量徐北方指导员。徐北方指导员中等身材,白面净皮,大脑门,双眸闪着智慧之光。挺招人喜欢的。

"你是哪个部队的?"

"军委工程兵六六六团。"

"具体职务?"

"一营一连指导员。"

"噢,政工干部!军事如何?"

"干过三年连长。"

"军事专长?"

"攻防战术。"

"啊,好兵!敢和我比酒吗?"男人的特点,尤其男军人——老红军粮食局局长吕庚一把手伸了出来。

"不敢,不敢!小兵蛋子怎敢和我们的老首长、县酒王比酒!"武装部政委站起把老红军粮食局局长吕庚一的手拽回来。

"如果老首长赏脸,小兵蛋子倒真愿领教领教!"徐北方指导员给老红军粮食局局长吕庚一敬了一个标准的军礼。

"好!老兵接招!"老红军粮食局局长吕庚一还军礼。这就是军人的个性。酒场、情场、战场,哪个军人不想得第一?

"停停停!"武装部政委又站起,"我都弄糊涂了。你俩是不是要比酒?"

"是。"酒桌上的复员军人们异口同声。徐北方指导员挑战老红军粮食局局长县酒王——一场好戏哩。

武装部政委笑吟吟的:"比酒,论高低,总得有注吧?"

"对,应该有个注,否则没意思。"酒桌上的转业复员军人附和。

老红军粮食局局长吕庚一正在做战前准备工作,头一点:"你说了算!"

"政委快定调！"转业复员军人们又附和。

"老首长老前辈，那我说了啊！"武装部政委看着老红军粮食局局长吕庚一。

老红军粮食局局长吕庚一突然伸手堵武装部政委的嘴："不准下违背党纪国法的注！"老共产党员、老布尔什维克，这点警觉还是有的。

"那个自然。"武装部政委说着示意徐北方指导员。

徐北方指导员从怀里掏出一张粮食局招工表，那表上填着亦副连长家属的资料，恭恭敬敬地递给老红军粮食局局长吕庚一，说："我醉了再送您四瓶八一军旗红，您醉了在招工表上签个字……"

结局读者一定清楚了。亦副连长家属在粮食局上班了。但读者不知道，徐北方指导员忍痛割爱，把工程兵司令员陈士渠首长送给他的一幅斗方"老子也有原子弹了"送给了武装部政委。

当然武装部政委也付出了八瓶八一军旗红十年陈酿……

七

战士教授是军队政治学院下放一连当兵的两鬓斑白的大知识分子。他对连队做的贡献是全连甚至营团干部战士知道了马克思主义的三个来源三个组成部分。并且自觉或不自觉地把对立统一规律、量变质规律、否定之否定规律运用到工作和生活中……

年底，我营上报的立功受奖名单出来了。

十名。有我。

我的文字功底好？

还是功臣们的事迹突出？

肯定是后者。

恩　公

"当不了团长、政委，不要回来见我！"

其实，我当兵的念头是昨天才有的。

今年冬季征兵，西村民兵营长大阵哥在东一干渠上。支书老叔让我这个团支书负责。接兵班长马宝是山西晋中人，比我小一岁，属兔子的。我用自行车驮着他到各家各户摸底调查。马班长讲他们是特种兵，对兵员的政治条件、身体条件要求高。二十天过去了，我村定了三名新兵，中午在支书老叔家吃派饭，我也在。马班长按部队规定吃一顿中餐交半斤全国通用粮票两毛五分钱。我蹭饭。支书婶子给我们做的小米粥、红薯叶酸菜烙饼蘸蒜汁，还有当地花脸杜康老酒。马班长吃得香，并呜哩呜拉地说："老书记呀，我真想把你这位团支书带走。他书读得多，又能说又能写，还不怕吃苦，到部队上肯定能当上团长、政委！"支书老叔抹着嘴巴说："做梦娶媳妇——想得美！牛儿是我的接班人，公社里的新干部苗子……"

说者无意，听的有心。

饭后马班长说："走，再到新兵进峰家看看，再有三天就上火车了，看他准备的怎么样了！"

"你驮着我。"我心里很乱。

"可以。"马班长骑自行车的技术不错。我坐在永久牌自行车后座上，激动的情不自禁地说："马班长，你把我带到部队吧？"部队是大熔炉、大学校，谁都想去啊！

"你开什么国际玩笑？你今年多大了？"马班长"吱"地一声刹住车，单脚着地。

"在你们征兵年龄的范围内呀，二十二呀，属虎的！"

"我不信，你哄鬼哩，看你那大脑门！"

我前额的头发稀疏，长相是有点老。我爹说遗传他，娘说喝墨水喝的。我抓住马班长的胳膊郑重其事："我哄谁也不能哄解放军呀。不信，去大队部查户口册……"

太阳快落山了，马班长该归队了。马班长双眼直直地盯着我："老李，把你创作的小说、散文、诗歌给我……"

月亮升起来了。我洗了锅碗瓢盆，擦干了手向支书老叔家走去。我真想去当兵，"一星红星头上戴，革命的红旗挂两边"！我哼起革命样板戏《智取威虎山》中的唱词。先前没报名，是我估计支书老叔不会让我去。还有，干三年回来了，也没多大意思。现在马班长说我是干团长、政委的料，我一定要去……团长、政委和我们县长、县委书记平起平坐……

支书老叔家的小花狗不冲我吠，它在我前边蹦蹦跳跳带路。支书婶说："俺正准备去叫你哩，你叔不知生谁的气，把自己关到西屋喝花脸杜康老酒，谁叫也不开门！"

"谁说我不开门？"门哗地开了。老支书伸出蒲扇大手抓住我的手："×××，你可来了。我想着你今晚一定来陪老叔喝酒！"我们这一带有个坏风俗——当叔父的和侄儿说话，个个前头都带脏字！我坐下后，老支书冲门外大声诚："臭婆娘，牛儿来了，还不把柜子里油榨花生米端上来！"原来桌子上的下酒菜只有一碗炒南瓜子。不过这也是支书老叔的习惯，他喝酒只吃炒南瓜子。南瓜是自己种的，南瓜子是自己炒的。瓜子饱饱的，颜色黄黄的，咸咸的，香香的，真好吃。我吃南瓜子剥皮，支书老叔连皮一块吃，他说顶饥哩。支书老叔给我斟小半杯酒说："喝一口咱老家的花脸杜康吧,以后你出门了,想喝还喝不上哩!牛儿,来,陪老叔喝几杯……"

"咕咚!"老支书一仰脖子一大口。

"啊,呛鼻子,辣嗓子!"我喝了一小口。

大半瓶花脸杜康老酒下肚,老支书双颊红红的,双眼红红的。他突然抓住我的双臂,用力摇着:"牛儿,你走吧。老叔不拦你。老叔知道一个团长、政委,一个县长、县委书记对咱党和国家的贡献比一个农村大队长、支部书记的贡献大!"

泪水模糊了我的眼睛,我知道支书老叔在我身上下的劲儿。自从我五七高中毕业返乡,当苹果园技术员、林业队长、生产队长,入团入党,当大队团支部书记,内定支部书记接班人……支书婶还把我内定为她内侄女秋秋的女婿……

"老叔,我谢谢你……"我泣不成声了。

"老叔,我陪你,我喝!"

"咕咚咕咚咕咚!"我嘴对绿色酒瓶嘴:"不醉,对不起老叔!"

"来,牛儿,"支书老叔把一整瓶酒一分为二,"这是咱们今晚的最后一碰杯,老叔希望你表个态……"

"表态……"酒精作用,我反应慢。

"你必须表态,"老支书大嘴巴里喷着酒气,一双血红的眼睛直逼着我,"当不了团长、政委,不回来见我!"

……

"盖章了,牛儿是我的兵了!"

部队愿意要,公社党委不同意不盖章,我还是穿不上军装。我是县广播站特邀记者,公社模范团支书,公社新干部苗子,西村大队支部书记接班人。在我们公社也小有名气呢。

"公社党委蔡书记肯定不同意你当兵!"马宝班长告诉我。

马班长又告诉我:

"你能穿上军装,我和新兵连陈连长起的作用没有你们老支书大……"

"后天就要上火车了。今天上午我们接兵连陈连长和郭指导员专门驱吉普车上县城找接兵营长,说我们发现了一个文书的材料。接兵营营长和教导员看了你写的文章,马上打电话向洛阳接兵团团长、政委汇报。部队缺有文化的人缺文书啊。洛阳接兵团团长答应给我们调剂一个接兵名额。但你们县领导敲竹杠:你们点名挖我们墙脚,不中!除非再加俩名额!牛儿呀,你成金豆子了。加就加!洛阳接兵团团长政委答应了。"

"上边答应了,但是你们公社党委不同意,仍然不中……"

"我把情况给你们老支书说了。老支书用火柴棒剔牙。他在集中注意力思考呢。牙床都剔出血了,他也没发现。呸!他吐掉带血的火柴棒腑耳对我说……"

吃过晚饭。老支书来了。马班长把一张征兵表给了他。马班长和老支书来到公社党委张歪秘书办公室兼卧室。马班长脱鞋钻进张歪秘书的蚊帐里,看他枕头边的《三国演义》。

张歪秘书正在喝茶。

"嗨!"老支书轻手轻脚绕到他身后,一重巴掌拍在他肩头上。

"谁?"张歪秘书一惊,茶水洒了一身。

"甭擦了,两盒黄金叶还赔不够?"老支书另一只手把两盒洛阳名烟黄金叶塞到张歪秘书怀里。

"哟,是五表叔呀,您今儿咋有空儿到老侄儿这里来?"张歪秘书起身相迎。

"老叔找你兔崽子有事!"老支书说着从兜里掏出一张揉得皱皱巴巴的纸,说:"在这上边盖个章!"

"盖章?"张歪秘书接过纸,职业习惯,他认真看。"征兵表?"张歪秘书把表扔到纸篓里笑了,"老叔真会开玩笑,兵员早定了,军装都发了,档案都整理好了,后天都上火车了!"

老支书把征兵表从纸篓里捡起来,说:"你盖不盖吧?不盖,老叔动手啦!"

"老表叔不是来上庙的,是来糟蹋老道的!"张歪秘书把脸扭到一边,狠狠地吸了一口黄金叶烟,心说,这老表叔肯定有大事求我,不再掏两盒黄金叶可不中!

"老叔盖章了呀。"老支书说着拉开抽屉抓起公章盒里的党委公章,在摊在桌子上的皱皱巴巴的纸上用力一捺!

"好啊!"马班长从床上一跃而起,抓住征兵表一溜烟儿跑没了。

"老叔,你,你……"张歪秘书脸白了,"你把牛儿放走了,你和蔡书记说了没有?"

"明天我给他说,牛儿是块材料,当几年兵,弄不好不接我的班了,要接他的班哩……"

"不中,我去把表要回来。这是违反组织纪律的,蔡书记会剋死我的!"张歪秘书起身往外走。

"你给我站住!"老支书拦住了张歪秘书,"你放心吧,蔡书记不会剋你的。你知道他是我小孩儿的叔伯舅,他要敢剋你,我找他算账!"

后边这一截儿是支书老叔告诉我的。支书老叔说:"你走了,你婶没少折腾我——非要你娶了她侄女秋秋不可,不然这一辈子不让我碰她……"

其实,塞翁失马,焉知非福?

军属光荣

大哥来信:牛儿,你给咱爹娘寄三十块钱吧。

事情是这样的:咱妹子竹子在三中驻校读书,星期日下午,妹子背三天干粮到学校去,星期三下午咱爹再送去三天的馍。这次咱爹没把妹子没吃完的发了绿毛的馍扔了,而是拿回家煮煮和咱娘一人一碗半吃了——坏了,俩老人双双中毒了。

若不是支书老叔,你我就与爹娘阴阳两隔了。

我从焦村煤矿赶回家的时候,爹娘躺在院内的苇席上双目紧闭,嘴唇青紫,脸色灰白,十个指甲也都青紫色了。典型的发绿毛馍馍中毒。村赤脚医生已为爹娘打了强心针,挂上了吊针。支书老叔在指挥社员们捌担架。解放军打洛阳时咱村出三十副担架呢。绑担架的手艺大家没忘。但支书老叔还是跳着脚:"快点绑,快点绑,万一有个三长两短,咋给牛儿交代呢,咋给他们部队交代呢!"

咱爹娘上了担架,支书老叔把咱村的青年社员分成三组,一路小跑向乡卫生院奔去。你知道从咱村到乡里都是弯弯曲曲的十里山路,尤其十八盘,从山上到山下拐了十八个弯呢。路窄坡陡,支书老叔快五十岁的人了,也跟着担架跑。

他一会儿招呼大家:"人贴着石壁走!别病人没送到医院,你们先滚坡了!"

一会儿他站在一拐弯上坡处:"来,我拉你一把!"

一会儿又骂人了:"三儿,喘什么气呀?真不如你老子!你老子当年跟咱村担架队上战场,我俩抬着一个重伤员一口气跑了三公里呢。部队首长给我俩敬礼,说我们晚来十分钟爆破英雄就没命了!"

在乡卫生院医生们给咱爹娘洗胃。三天后咱爹娘脱离危险了。这次一共花了八十七块伍角钱。生产队出三十块,我出二十块,支书老叔和乡亲们凑了二十七块伍角钱。我要你寄三十块钱是归还支书老叔和乡亲们的……

噢,对了,支书老婶的侄女秋秋在乡医院整整陪咱爹娘三天三夜,咱可不能昧良心啊……

牛儿,支书老叔对咱家好的事情可不是这一件哪。

那是今年春灌,你嫂子因春灌小麦和南村大顺家争水,动了手。大顺媳妇吃亏了。山北她娘家十二兄弟加邻居好友三十多人涌进咱村要你嫂子"泼妇游街"、跪地道歉。咱爹娘吓坏了,赶紧找支书老叔。支书老叔正在地里修梯田,他放下手中的家什,快步来到大队广播室:"八路军皮旅的后代们,西村红枪会的后代们,有人进咱村撒野了!你们赶紧丢下手中的活儿回村来。你们听我指挥:一队钻地道出北门小鬼口埋伏,二队到村中喉咙眼儿处埋伏,三队上北大街临街房。记着,只能扔猪粪、牛粪、羊屎蛋儿,泼茅粪水,不能见红!"

山北大顺媳妇娘家人气势汹汹扑到咱家门口,你嫂子早藏了。他们踹开大门,把灶房里的锅碗瓢勺砸了。他们出了恶气,胜利返回了,三十多个人趾高气扬,高声吼豫剧《沙家浜》里草包司令胡传魁的唱段:想当年,老子的队伍才开张……

山北大顺媳妇娘家人过了南桥到了北大街……突然一阵铜锣响:"咣咣咣——"接着北大街两边房顶抛下猪粪、牛粪、羊屎蛋,如天女散花,纷纷扬扬落下,画面颇为壮观哩。山北大顺媳妇娘家人停止吼豫剧抬头看——呀呀呀,我的娘啊!猪粪牛粪羊屎蛋落在他们头上脸上身上脖子里。

"撤撤撤——"山北大顺媳妇娘家人领头人大喊。那三十多人撒丫子向北逃！兔崽子们别着急，喉咙眼儿那里有好喝的呢。

喉咙眼儿在两个生产队之间，那是两个生产队之间的通道，可以走牛车、胶皮轮马车，但路两边都是几丈高的土坡。山北大顺媳妇娘家人进了喉咙眼儿，"咣咣咣——"铜锣又响了。这次两边土坡上落下来的是茅粪水，那茅粪水里还有蛆呢。

"啊，呸呸呸！"

"臭死了！臭死了！"

"撤撤撤——"大顺媳妇娘家领头人又喊。那帮人又向北跑。

小鬼口到了。

"咣咣咣——"那叫人心惊肉跳的铜锣再次响了。

咱支书老叔扛着一把镢头横在小鬼口："别跑了，投降吧！当年红枪会我爹就在这里，就是这把镢头，砸死了三个国民党十五军的兵！"

山北大顺媳妇娘家人停止了奔跑，一个个木桩子似地站住了，还浑身筛糠……

咱支书老叔把镢头递给别人，来到他们跟前，拍着大顺媳妇娘家人领头人的肩头说："你是祝家老大吧，咱们是亲戚哩。我们邻村浇地闹矛盾动了手，你要相信我们大队党支部会同邻村党支部处理好这件事的。你们到我西村来打砸抢，这样做不对呀！现在是新社会，不是旧社会呀……"

牛儿，支叔老叔对咱军属这样好，你在部队一定好好干哪。军通令嘉奖算什么？最好拿一个全军通令嘉奖！

……

"开后门！"

在我的一生中遇到几个贵人。支书老叔、马宝班长,还有五岳人民出版社的刘玺社长、军区文化部姜凤部长。那年我去五岳人民出版社改稿子,刘玺社长和我们师长通话,留我在出版社掺沙子。掺沙子就是工农兵进驻上层建筑领域——编辑部里添了一个工人、一个农民、一个解放军。这三个人都必须是中国共产党员,有编辑水平。三年过去了,出版社刘玺社长想要我脱军装,进编辑部当编辑。他已经向省宣传部出版局报告了。留出版社当编辑每月工资三十二元,如果回部队当文化干事每月工资五十二元。我家里穷呀,需要我每月寄钱呀,我犹豫了。

和我住一室的燕山军区文化部姜部长说:"想不想到我那里当创作员呀?"

我不相信自己的耳朵,眼睛瞪得好大好大!

姜部长说:"你的作品够了,创作水平我也了解。我周末回部队,请示一下主管宣文的政治部吴副主任。"姜部长,大我二十四岁,出过三部作品,这是第四部。我也算责编助手吧。他把我当孩子看,每次在外吃请,总给我带回一饭盒肉菜。

周一吉普车把姜部长送回来了。他拿出一只小信封笑眯眯地对我说:"回你们师办手续吧。"

那小牛皮信封上有三个字"商调信"。那信封里装着一巴掌大的信笺:虎山师,我部创作室缺人,能否将你部战士李希信支援我部?落款:中国人民解放军燕山军区政治部。啊呀,我高兴坏了。燕山军区政治部最低职务是正连。我从战士一跃成正连,掂茶壶的成老板,一步登天了。我怀揣商调信回到我六六六团一营一连。我的巴掌大的商调信,从连到营,从营到团,从团到师。一夜之间,我从小秀才变成了大秀才,从连队报道员变成"人才难得"的人才了!但世上的事不如意者十有八九。我的商调信上了师长黄发的案头。黄发师长可不是一般的师级干部哟。

黄发师长是大别山红军,身经百战,战功累累,大刀片子和枪法威震敌胆! 黄发师长脸上有三十六颗麻子。当年流传敌我军营的两句话,人们至今记忆犹新:"我是黄麻子部队的,投降吧!""你们长官脸上有三十六颗麻子? 我投降我投降!"军内调一个战士不是什么大事,主管军务的师副参谋长点头,师军务科就可以办手续放人了,但我现在是"人才难得"的人才哟。

黄老头子看了商调信,声若洪钟:"大秀才不能走! 我们工程兵也有英雄人物,需要大秀才宣传报道嘛!"

完了,完蛋了,我不可能一步升天了! 我好郁闷啊……

"笃笃! 笃笃!"敲门声。"进来!"我没好气地说。

门开了,我眼睛直了:接我入伍的马宝班长和我家乡的支书老叔出现在我面前。支书老叔拍着我的肩头笑哈哈地说:"牛儿,准备东西吧,五月四号到燕山军区政治部报到!"

马宝班长把一份密封盖章的档案塞到我怀里:"愣什么? 没听明白? 打背包,装书籍,明天出发! 这是你的档案……"

燕山军区创作室要我,黄师长不放我的事,很快在师里传开了。这时已是师军务参谋的马宝班长听说了,难受之余给我老家支书老叔打了一个电话:"老李书记,我是马宝,很忙吧?"

"哪里的马宝?"支书老叔正在编柳条笼子,装兔子用呢。

"在你家吃过红薯叶菜馍的工程兵的马宝呀!"

"噢噢,老马呀,你怎么想起我这个老杀才了?"

"李书记,我隐约记得你说过,你带领你们村的担架队参加过解放洛阳的战役?"

"参加过。还得过一张陈谢兵团颁发的奖状哩!"

"具体说说……"

支书老叔当年带着我村担架队上洛阳前线救人的事我们村大人小孩都知道。他们冒着枪林弹雨从战场上共救下六十八名伤员。支书老叔和担架队员们还给一名重伤员输过血呢。

马宝班长说:"老书记,您还能记得你们担架队救的伤员的名字吗?"

支书老叔笑了:"记不得了……噢噢,你让我想想……"

"有没有一位姓黄的,脸上有麻子,左手枪右手大刀的伤员?"

"脸上有两个麻子伤员真有两个……一个脸上有麻子十一颗,一个脸上有麻子三十六颗……我们那时弄不清伤员的建制单位、姓名,我们记他们特征,上报县大队表上写着十一麻子伤员、三十六麻子伤员……对了,我们给三十六麻子输过血呢……"

"你来部队一趟吧。你们救的三十六麻子是我们的黄师长……"

一次部队传统教育课,黄师长讲了一个他自己的故事。末了,他声泪俱下:"如果不是担架队的老乡,我早在洛阳烈士陵园沤成灰了。但到现在我还没找到当年救我的担架队的英雄们……"

黄发师长听说当年解放洛阳战役的支前英雄来了,特别高兴。在师部小招待所宴请支前英雄。当时他是突击营营长,左手冲锋枪右手鬼头大刀第一个冲上洛阳城头的。当然在城头上,他也挨了一黑枪,被豫西支前担架队抬到战地医院……

酒过三巡菜过五味。黄师长无限感慨地说:"老支前英雄,我真得好好感谢感谢你们洛阳的支前英雄们!如果不是你们,我早就没命了!"

支书老叔认真听。

黄师长接着说:"我负伤了,昏迷了……当我醒过来时,我发现我在担架上。我欲爬起来,重上战场,一只大手捺住了我,一浓浓的河洛口音:别动,子弹打到你心口上了!"

"一颗流弹呼啸而来。趴下！那老乡趴在我身上。"

"在战地医院里,我又一次醒来。那位担架队员的血正汩汩地流进我的血管里……"

"咱俩都是 A 型血……"

黄师长一怔！

"你脸上的麻坑是三十六颗……"

黄师长用手摸脸,眼睛瞪大了……

"你的病员登记牌写着你的名字:三十六麻子……"

"你就是救我的洛阳恩公！"

……

飞机在郑州新郑机场落地。军分区的军用汽车已在那里等候。敬礼还礼,我上了汽车。汽车上高速。日正午我赶回西村。支书老叔的两个儿子一边一个架起我向前堂跑:"牛儿哥,快！我爹等着你哩！"

支书老叔躺在床上,手臂上扎着吊针,脸上捂着氧气罩,双目紧闭,气若游丝。大床前跪着他泪流满面的儿孙们。

"老叔！"我大跨一步扑上去抓住了支书老叔那冰凉冰凉的大手,"牛儿看您来了！"

"嘘——"支书老叔把肚子里的那口气缓缓地轻轻地吐了出来。

第二辑

警功章

午夜。警长赵晶晶刚入睡,手机便响了。燕山派出所所长的声音:"大清河、南村、北村农民械斗,你在那里管片两年,你家离那里最近,局长点你的将!"

河滩上,黑乎乎的滩地,闪闪亮的东流河水,黑压压一大片人。手电筒光柱如舞厅的霓虹灯光柱,忽明忽暗忽东忽西。杀声和受伤者的哭叫声如沸水。

警长赵晶晶把脑袋伸到车窗外大声喊:"让路!让路!"

人们听不见她的声音。

警长赵晶晶把车门打开,站在车踏板上,麻利地掏出了手枪。"叭叭叭——"

械斗戛然而止。村民们自觉后退。枪声对于沙场老兵如蚊虫飞过,对农民来说如晴天霹雳!

警长赵晶晶跃上车顶棚,手中强光电筒在南村、北村的人群中扫来扫去。擒贼先擒王。她在寻找南村、北村械斗的组织者。"小十!"警长赵晶晶的灯光停在一个方面大耳宇眉间有一颗黑痣的小伙子脸上,"肯定是你主谋的吧?当初你怎么答应我的?"

"是北村老鬼先发的箭。谁先发箭打死不冤!"

"老鬼在哪儿?站出来!"警长赵晶晶的强光手电筒光又在北村人群众中扫来扫去。

"我在这儿。"一个五十岁左右的黑胡茬男人分开众人来到前边。

警长赵晶晶厉声说:"你说说,为什么?"

南村人、北村人因争种河滩地而战。河滩地暴雨季节洪水滚滚,水褪可种一季麦子。南村人、北村人争夺河滩地的战争一千多年了。唐宋元明清、民国、共产党政府都调解过。最后一次是警长赵晶晶主持调解的,并达成了协议。南村的小十、北村的老鬼是械斗的组织者。他们两个叔伯兄弟众多,是村里的强势大户。

老鬼说:"去年遭风灾,俺村收粮少。今年风调雨顺,他们收了五万斤小麦,比俺村多一半。我找他商量,匀给我村二万斤,他不给……"

"商量个屁!遭天灾那是天意!那是报应!"小十出言不逊。

"打——狗日的——"老鬼也口吐脏字。

"打——"

"打——"

双方又混战一起。

"叭叭叭!"站在车顶棚上的警长赵晶晶又鸣枪。

双方农民又停止械斗。

警长赵晶晶挥着枪说:"南村、北村的老少爷儿们,你们别打了,听我说……"

深夜,警长赵晶晶的声音特别脆亮:"你们看看,你们打伤的都是你们自己的亲人哪!你们往上数三代,你们北村的小伙子娶了多少个南村的闺女?一百五十一个!你们南村的小伙子又娶了多少个北村的姑娘?一百四十四个!你们往地上看看,你们打伤的人不是你们的表叔便是你们的表弟,还有你们的表侄儿、表孙儿……"

这些数字是警长赵晶晶两年前在此管片时,为解决南村北村纠纷,深入村民中调查得到的资料。这些资料还起了作用呢。

警长赵晶晶接着说:"南村、北村的老少爷儿们,你们想过这个问题吗?山川河流土地是国有的,你们临河有河滩地种,国家允许,如果国家不允许呢……"

人们鸦雀无声地听着。警长赵晶又提高了声音:"南村、北村的老少爷儿们,你们再想想这个问题,你们签合同长期承包国家的土地,收获的粮食不够你们吃吗?你们还可以把承包的土地流转,到郑州、上海、广州打工呀!你们不应该玩老命来争这河滩地呀……"

"南村、北村的老少爷儿们,你们再想想最后一个问题,即便北村今年给了南村二万斤小麦,按照祖爷爷、老爷爷、爷爷传下来的规矩,分到你们家才有多少斤小麦?"警长赵晶晶扳着指头,"村里组织者三份,受伤人三份,村两委提留储蓄一份……"

警长赵晶晶的这些数字也是她在管此片时调研得到的资料。

警长赵晶晶的分析涉及南北二村组织者的利益了。他们不约而同地煽动村民向前冲。

"那是祖上留下的规矩,不是我定的。二万斤小麦给不给?不给,打他们狗日的!"

"撕毁协议,欺人太甚!谁怕谁!"

南北二村农民又混战在一起了。

"叭叭叭!"警长赵晶晶又鸣枪示警。

"叭叭叭!"县公安局局长和防暴队赶到了。

连续六枪示警。械斗的南村、北村农民又停止了械斗。

"南村、北村的老少爷儿们,各自退后十米!你们退不退?"警长赵晶晶突然用枪顶住了自己的太阳穴。

"晶晶!"

"赵警长!"

"闺女!"

"大妹子!"

人们一片惊呼。谁也没想到警长赵晶晶会将枪口对准自己!

警长赵晶晶哭喊:"南村的呼兰爷,北村的羊羔爷,我是不是你们的孙女?"

"北村的振山伯,南村的钢蛋叔,我是不是你们的侄女?"

"南村的疙瘩哥,北村的三元哥,我是不是你们的妹子?"

"北村的小顺子,南村的小狗狗,我是不是你们的大姐?"

……

"你们退不退?不退,我死给你们看!"警长赵晶晶嘎地子弹上膛,枪口又对准了自己的太阳穴!

……

南村、北村的农民不是退了而是散了,开始一个二个地溜,后来成群结队地溜……只有南村的老鬼、北村的小十孤零零地站在那里!

……

局长当场宣布:授予警长赵晶晶三等警功章一枚。

警　姐

　　燕山派出所警长赵晶晶今日难得和爱人、儿子丁丁逛龙湖公园。派出所的民警实在太忙了。机关民警一周值班一次,派出所民警至少两次。临时接命令出警是家常便饭。答应老公、儿子丁丁来龙湖荡舟是第三次了。天好,来荡舟的人不少,排队购票。该赵晶晶买票了。自划木舟一个小时一百元,押金二百元。赵晶晶从皮夹子里抽出五百元。儿子丁丁欣喜若狂,一跳三尺高。儿子丁丁长得虎头虎脑,一笑脸上还出俩酒窝儿,学习成绩在班里数一数二。老公是电脑工程师,知识分子脑袋、知识分子形象……

　　警长赵晶晶把钱递进去。

　　"哎,我的包！我的包！"突然身后传来一少女尖厉的叫声。

　　警长赵晶晶一转头发现一小青年拎着一只红坤包夺路飞奔。

　　"是红坤包吗？"

　　"是！"

　　"哪里跑？光天化日抢包,反了你！"警长赵晶晶抬腿就追。

　　"妈妈！"

　　"晶晶！"

　　老公和儿子丁丁的声音她没听见。

　　警长赵晶晶看到抢包者的形象了:一米六多点的个头儿,体型偏瘦,长发过耳,年龄十七岁左右。小青年体质很好,飞奔速度很快。警长赵晶晶是受过警院特殊训练的,也可以叫野训练。警长赵晶晶大吼一声:

"我是警察！站住！"

长发小青年一惊,站住了。

警长赵晶晶一边跑一边掏手铐。

长发小青年不听命令,逃！速度较之前快了。

警长赵晶晶追！

"抓小偷啊！抓小偷啊！"警长赵晶晶身后来了一群人,其中有她老公、儿子丁丁和红坤的主人。

警长赵晶晶灵机一动:"你们向前追,我截他！"

警长赵晶晶转身向反方向飞奔。

警长赵晶晶对这个公园很熟悉,今年春节、五一她在这里执过勤。该公园依水泊而建,湖水清澈,环湖一条路三千米。去年建成接待游客。公园铁栅栏两米高,有东西南北四个门。长发小伙子只能顺环湖路逃跑。

"站住！"警长赵晶晶截住了玩命逃跑的长发小青年。

长发小青年一哆嗦,站住了。警长赵晶晶声音不大,但对长发青年来说不啻晴天炸雷。

"走,到公园派出所去！"警长赵晶晶拎着亮晶晶的银白色手铐。

"扑通！"不想小伙子转身跳进龙湖中。小伙子也许水性很好。

"呀呀呀！"警长赵晶晶一下子晕了。

"傻小子,怎么在这儿跳湖呀！这儿是出水口呀！旁边有提醒标牌,你没看见?!"警长赵晶晶向公园东门奔去。

龙湖公园有入水口、出水口,一条郊区灌溉渠西入东出。在此执勤时,公园管理处处长专门介绍过。出水口水流向集中,有旋涡儿,任何物体入该区必然失去自我,随流水进入郊区灌溉渠。郊区灌溉渠两丈多宽,混凝土浇筑的渠底渠帮,水在渠中流速仅次于出水口。人或物体在渠水中也是不能自主的,只能随渠水漂流——没有人帮忙是绝对停不下来,上不了岸的!

警长赵晶晶边跑边寻枯树、木棍。她从警十多年,在渠水中救过人,有经验。

啊,警长赵晶晶发现左边地里有一根拖把把。她拐进地里捡起拖把把又拐出来。

渠水哗哗东流,浪花朵朵。

警长赵晶晶看见渠水中的长发小青年了。

长发小青年成游泳姿势,但四肢胡乱拨水。他已惊慌失措了。

实际上长发小青年不拨水也不会下沉的。

长发小青年在渠水中漂流的速度很快。赵晶晶猛追一阵儿才追上:"把身子竖起来,把腿弯曲了,用手抠渠帮上的混凝土缝!"

长发小青年现在老实了服从命令了。他蹶着身体,双手抠渠帮上的混凝土缝。但混凝土缝很浅还有绿藻覆盖,他抠不住。

一条一条混凝土缝从长发小青年十指下滑过。长发小青年惊恐地喊:"警姐,我抠不住啊!"

"抠不住也要抠!"警长赵晶晶在沿渠路上大步如飞地追,气喘吁吁地回答。警长赵晶晶感觉到长发小青年的作为已迟滞了他随水漂流的速度了。

按正常情况,长发小青年在水中漂流的速度超过警长赵晶晶奔跑的速度。

"警姐,我指头出血了!"长发小青年感觉到自己的手指头疼了,十分疼,十指连心哪。他低头看,一缕鲜红的血线出现在清清的水中。

"出血也要坚持抠!"警长赵晶晶上气不接下气,脸色变白了。

警长赵晶晶距长发小青年的距离只有两米了。

"抓——住——拖——把——把——"警长赵晶晶一个跳跃,使尽最后力气的跳跃。她跳到长发小青年前边,把手中拖把把伸到长发小青年面前……

"警姐!"长发小青年泣不成声,"我不逃了,我跟你去派出所!"

"警姐!"

"警姐!"

"警姐!"

警长赵晶晶的老公、儿子丁丁,还有小红坤包的主人,及十多个热心的人们也追上来了。

"妈妈,我也叫你警姐吧?"警长赵晶晶的儿子丁丁在她脸上响响地亲了一口。

……

警 花

燕山派出所警长赵晶晶昨夜参加"扫黄"战斗。战果突出,赵晶晶累坏了。下班回家竟然在公共汽车上睡着了,坐过了五站。晶晶揉揉眼下车上了过街天桥。必须到对面再乘公共汽车回家去呀。

"有人要跳楼了!"

"有人要跳楼了!"

这种声音对赵晶晶来说如同战场上的战士发现敌情。晶晶浑身一个激灵,睡意全无。身后千家福家苑楼顶边沿站着一位老头儿!

警长赵晶晶转身向千家福家苑小区跑去。

千家福家苑小区一号楼下已聚集一大群人。

"打120了吗?"

"打了十分钟了!"

"老哥,不能跳!"

"叔叔,再有事也不能寻短见呀!"

"老爷爷,快退回去。有事我们少先队员帮您!"

警长赵晶晶冲到现场气喘吁吁:"我是燕山派出所警长赵晶晶。你们中间有警察吗?有应急救援局的人吗?有街道居委会的人吗?"

"我是警院学员!"

"我是应急救援局战士!"

"我是街道居委会治保委员!"

"好。你们听我指挥!"警长赵晶晶撸一把脸上的汗水,"警院学员和应急救援局同志跟我上楼！居委会治保委员在此组织大家喊话、唱歌、跳舞,分散当事人的注意力……"

五层红砖楼,政府承诺要装电梯还没兑现。警长赵晶晶带着应急救援局战士、警院学员,一口气爬到楼顶。一百多级台阶一口气爬完,他们都练过。

警长赵晶晶伸手示意:"轻手轻脚,慢慢接近!"

警长赵晶晶猫着腰前进了十几米。她看清楚了老头儿的背影、衣着。老头大约七十岁年纪,头发银白,着一身洗得发白还打了补丁的老式军装,足蹬二十元一双三北农家布鞋。老头儿嘴中嘟囔:"鳖儿子,你们不养老子,老子找你娘去!"

"鳖儿子,你们不养老子,老子找你娘去!"

楼下居委会治保委员指挥围观的人群劝老头儿:"老哥,不能跳,好死不如赖活着呀!""叔叔,不能跳。您身体多好,还能够自理。要不,您到我家去吧,和我爸做个伴,我爸在床上躺了五年了!""爷爷,不能跳。我们少先队员喜欢听故事,爷爷一大把年纪,肚子里肯定好多故事呢!"

居委会治保委员又指挥大家跳舞。舞曲铿锵有力,舞姿时而优美可爱时而滑稽可笑!

居委会治保委员接着带领大家唱人们最喜欢的一首老歌:"一条大河波浪宽……"

楼顶距老头儿五米的警长赵晶晶判断:老人家肯定当过兵。一身老式旧军装,破了,也舍不得扔……

警长赵晶晶在手掌上迅速写几个字:楼下唱解放军的歌。

警长赵晶晶把手掌放在背后。

警院警员转身下楼。

楼下警笛响。110来了。

警长赵晶晶又在手掌上写字:告诉110,快放置安全软垫。

应急救援局战士转身下楼。

"向前向前向前,我们的队伍向太阳……"

"日落西山红霞飞……"

楼下关于解放军的歌声直冲云霄。

老头儿一怔,腰挺直了,嘴里不嘟囔了。

就在这一刹那,警长赵晶晶一跃而起,一个箭步冲上去,抱住了老头儿。

好悬哪,警长赵晶晶和老头儿距楼边沿一尺远。

……110带着老头儿鸣着警笛走了。围观的人群散了。英勇机智的警院学员、应急救援局的战士也离开了。警长赵晶晶又坐在回家的公共汽车上。她又睡着了。阳光从车窗射进来,洒在她的身上……

她肩上的警花、胸前的警号熠熠闪光……

司机同志,东门站一定要叫醒我们的警花,不能再坐过站了!

歌声里的军礼

傍晚时分,两个中年男人一前一后地进入这个名为"战友酒家"的饭店。

这店很干净,充盈着军乐激昂的旋律。正面墙壁上挂着身着军装的毛主席像,两侧是十大元帅戎装像及生平简介,还有书法作品等。

俩人走到伟人像前,立正,举臂行了个标准的军礼,而后就靠窗户的一张小桌对脸坐下。一手持菜谱的女服务员笑吟吟地过来,柔声问道:"两位大哥,还是'老四样'?"

"不,今个儿加两个硬菜,上最好的酒!"

"老班长,何必浪费,四个菜够了!"

"小姑娘,你不知道,我这战友现在是领导了,比我长进!"被称为老班长的壮汉笑言道。"四个菜就四个菜吧,听小李子的——噢,听领导的!"

"好了,好了,这话听着别扭,还是叫'小李子'亲!"

"小李子!"那壮汉抓起战友的手,笑了。"上酒上菜,要快!"

酒上来后,壮汉握住酒瓶,头一歪,牙一咬,瓶盖便蹦落在桌面上。

"小李子,我先喝为敬!"一仰脖,咕咚咕咚几声响,酒瓶里透明的液体就下去了不少。

"老班长,你咋还是这样喝!"小李子双手将那酒瓶夺到自己手里,左颧骨下隐约的伤疤也泛了亮。

"习惯了,不这样喝不尽兴,不这样喝对不住战友!"壮汉声若洪钟,伸出大手如老鹰抓小鸡似的又将酒瓶夺了回去。

"不中,不中,你这样喝嫂子会骂我的!"

"小李子,今个儿就是你那嫂子让我好好陪你喝一顿!"

"喝是喝,得有个章法。"

"好,好,咱就倒杯子里,中吧?"

"中,听你的!"

须臾,一瓶酒见底儿,又喊一瓶。

"老班长,咱不能再喝了!"

"你还认我这个老班长?"

"认,你永远是我的老班长!"

"好,好……"老班长依旧用牙利索地啃掉瓶盖,咬下软塞扑地一口吐掉,倒了满满一杯,一仰脖子下去了。

"老班长,你……你……"

"小李子……小李子……"对方已有些醉意了,两手在空中挥舞,忽地打起了自己脸。"我那不争气的儿子……"

"老班长,你别这样,我知道咋回事——我喝,喝!"

一会儿,两人都醉了,先后趴在了桌子上。桌面上,手指头匍匐着,而后紧紧握在了一起——那是两双握过钢枪的手。

"小李子,我的孩子也是你的孩子呀!你门路广,出手救救他吧……"

"老班长,我怎么会忘了呢?是你把我扒出来口对口做人工呼吸,是你给我输的血……"

"大军犯的是肇事逃逸罪……我的孩子就是你的孩子呀……"

"我知道,我知道……今儿这酒不是那么好喝的,老班长……"

"你说啥?我可是……"壮汉瞪着充满血丝的眼珠子逼视着昔日的

战友,紧握的手也松开了。

"我不是那意思,是……"

"是啥?你不要以为你当上了……"

"老班长,咱不管在哪儿,都是一个兵,一个好兵。不光咱要当好兵,也得叫自己的孩子跟上队!"

壮汉想说什么,张张嘴又闭上了。慢慢抬起头,胸脯也跟着挺起来。而对面的战友已经站起来,侧耳倾听着一首熟悉的歌曲——

"我是一个兵,来自老百姓……"

在这歌声里,俩人相互一视,几乎同时整理好衣装,同时抓起对方的手,步调一致地走到伟人像前。

"站稳了——敬礼!"

那标准的军礼伴着晶莹的泪花在激越的声乐里好像凝固了。

而他们的身后,所有的人都站了起来,模仿同样的动作……

草原逸事

逛完昭君墓景点,累了。喝杯马奶酒,睡了。一觉醒来,旭日临窗。晨练罢。我走进一家小超市。

"老人家,早啊!"我礼貌地说。

一位头发雪白、四方脸盘、身体肥胖,着黑色蒙古袍的老大妈手持一把鸡毛掸子在打扫卫生。"呜哩哇啦!"老大妈用蒙语应着,并没有停下手中的活计。"老人家,您这尺长的牛肉干多钱一斤?这寸短的呢?""呜哩哇啦!""老人家,您这奶豆腐在常温下能放几天?""呜哩哇啦!""老人家,您这昭君绣帕多少钱一条?""呜哩哇啦!"

我听不懂她的话,她老人家也听不懂我的话。我哑然失笑了。

我取了两袋奶酪,两条绣着昭君像的手帕。我从裤子的屁兜里掏出一张百元红色钞票。

老人家接过钞票,转过身,打开抽屉,摩挲了一会儿,左手递给我两个塑料袋,那是包装袋,右手递给我三个亮晶晶的壹元钢镚儿。

我一愣:"老人家,您应该找我五十三块钱呀。我刚才给您是一百元啊。"

老人家的右手固执地伸在我面前,那手心里的三个钢镚儿闪着光。

"老人家,我按货物上的标价算过了,我买的四样东西是四十七块钱呀!"我提高了声音。

老人家的右手还在我眼前。

嗨!这叫什么事啊?大早晨的!前些年,我遇到过这种事。这是小商小贩坑人的一种方法。没想到今天在我向往的、崇拜的成吉思汗的故乡,在历史伟大女性王昭君的墓旁,我又遇见了。我的血往头上涌,我生气了,大声喊:

"不要了,不要了!钱也不要了,东西也不要了,送给你吧!"我把装着商品的两个塑料袋往柜台上一摔,转身出了门!

本计划今日去四子王旗大草原看宇宙飞船舱体落地的地方,心情不畅,不去了……

"笃笃!笃笃!"轻轻地敲门声。

"谁呀?请进!"我转过脸。

"吱——"门开了。那位早晨坑我的老太太指着我大声嚷。

"老伯伯,打扰您了!"站在老太太身后的一位形象标致的蒙古族中年妇女走到我面前,深深地鞠了一个躬。

"这……"我愣住了。

"老伯伯,"那中年妇女又向我深深地鞠了一个躬。用甜甜的标准的汉语说,"给,这是您的一百元钱。您收下。我阿妈不是有意的,她有老年痴呆症,有时清楚,有时糊涂,经常算错账。"

"啊,啊,"我明白了。同时,我也慌了神,"快,快,快进来坐!快进来坐!"

"呜哩哇啦!"那穿黑色蒙古袍的、满头白发、满脸皱纹的蒙古族老太太也向我鞠了一个躬。

"不敢当!不敢当!"我慌忙中还礼。我的脸"腾"地红了,我为早晨的摔东西、不礼貌的行为而惭愧!

"呜哩哇啦!"老太太坐下后,从怀里掏出一个包裹,放在桌子上,满脸堆着笑。

"这是什么?"那个包裹皮是蒙古族的,有彩绣。

"这是我阿妈的一点心意!"那中年妇女走过来,打开包裹,四个装着尺长的牛肉干、寸短的牛肉干、奶酪、奶豆腐的塑料袋,展现在我面前。

"我,我不能,不能收你们的礼物!我早晨态度也不好!知错能改善莫大焉!"我有些语无伦次。

"老伯伯,收下吧。这是我们自己加工的!"中年妇女笑容可掬,虔诚可嘉。

"我,我……"我慌乱中,掏出了五百元钱,包括刚才退我的那张!

"哇哩哇啦!"老太太突然站起来,豹眼圆睁,一脸乌云!

"老伯伯,您不能这样!"那中年妇女也恼了,脸涨得通红,脖子也红了。"您这是瞧不起我们一家人呀!"

我还说什么呢?我站起身一连还了五个礼,说了五个"谢谢"!

转天离开这里。我又来到这个小超市,向母女俩、向这一家人辞别。并看了她们烤制牛肉干和制作乳品的过程。又坚决地购买了她们一千元钱的牛肉干、奶制品。通过顺丰快递寄回北京。

错　秤

军休干部李解放晨练归来。

"卖桃啦,卖桃啦,西山大久保桃!齐撮,十块钱五斤,挑,四斤!"左边胡同口传来响喳喳的女人的叫卖声。

李解放转头。胡同口有一平板三轮车,车上装着四荆筐又鲜又红、大梗上还有桃叶的西山久保桃。卖桃人是一位四十多岁的农家大妹子,海棠脸色,脖子里系条牡丹花纱巾,形象中等偏上呢。李解放爱吃桃,他的家人也爱吃桃。桃性平不伤胃可顶主食也!"大妹子,我要十块钱四斤的,我要挑了。"

"中中中!你挑吧!"卖桃女爽快地说。

"嗯,我先挑两个软的,我牙口不好。嗯,我再挑两个不软不硬的,我那老婆子牙口比我好点。嗯,对了我还要再挑两个脆的,我那小孙子十一岁了,牙口好着哩……"李解放一边自言自语一边挑桃。

"老爷子,您眼神不好,俺帮您挑。"卖桃女伸手抓了两个特别大特别红的桃放到电子秤盘上。

这是一位精明的卖桃女。她放到电子秤盘上的两个桃,是熟过了的桃。也许现在就变味了,也许放到下午就变味了。李解放拿起一个闻闻,还好,现在没变味。

"放心吧,老爷子,我不会把坏桃给您的。您老了牙不好胃也不好,吃这种软的糖化了的桃最合适。"卖桃女说着又把两个熟过了的大桃放到电子秤盘上……

李解放掂着一塑料兜桃往家走。"这个卖桃女呀!"他心里又气又喜欢。气得是"她给我那么多熟过了的桃,我一人吃不完,别人又不爱吃,放到下午就坏了,这不是坑我吗?"喜欢的是这位农家大妹子真会做生意! 她不是农民了,是精明的商人了。

"咦,我的胳膊怎么酸了? 四个手指头也变紫了?"

"咦,卖桃女的秤有问题! 她肯定给我多了!"李解放经常买菜,四斤的重量不会压酸他的胳膊,勒紫他的四个手指头。他又掂了掂一塑料兜桃的分量:"是多了,肯定多了!"本能地,李解放转身往回返。农民也不容易呀。

"大妹子,您的秤有问题!"远远的李解放就喊。

此时卖桃女的摊前围了一群人,大家都买桃。卖桃女忙得不可开交。她没听见李解放的喊话,但买桃人都听见了。他们停止了买桃。

"大妹子,您的秤有问题!"李解放气喘吁吁地走过来。

"啥? 你说俺的秤有毛病? 俺这秤是国家出的,是在县百货大楼买的,是电子的……"卖桃女柳眉倒竖,杏眼圆睁,海棠脸色变青了。商家最忌讳人说秤有问题。

"大妹子……"李解放欲解释。

"大共产党员,大干部,大退休干部! 俺没有少给你秤,你为啥来砸俺的买卖?"卖桃女出言不逊咄咄逼人,唾沫星子喷到李解放的脸上。

"士可杀不可辱也。"李解放一九六八年参军,参加过对越自卫反击战,立过功,有一定的修养,但他还是生气了。他把手中那一塑料兜桃"咚"地放在卖桃女的电子秤盘上。

"咦?"李解放的眼睛直了,脑袋嗡嗡的。电子秤的指针准确无误地停在两公斤的位置上。

"老爷子,俺的秤没毛病吧。您快走吧,别影响俺卖桃。"卖桃女变怒为喜。

如果真的是这样,李解放倒成了卖桃女的广告宣传员了。但李解放相信自己的经验、判断。他把那一塑料兜桃,用左手掂掂,用右手掂掂。他又蹲在地上,数数塑料兜里的桃,一共十二个。"我敢断言,卖桃女给我多了,卖桃女的秤有问题!不说我挑的八个桃,单说她给我的又红又大的四个,也有三斤多……"

"大妹子,您的秤是有问题!"李解放站起来又大声喊。

"你——俺活见鬼了——"卖桃女那张好看、耐看的脸扭曲了,嘴唇哆嗦,说不出话来。

李解放的军人作风出来了,他拨开众人,走到电子秤跟前。他要检查卖桃人的秤了。他先把电子秤搬起来。他知道电子秤的特点:电子秤要放在水平的坚硬的平面上,否则影响重量的准确性。这个知识电视里讲了很多次……

"噢!"李解放发现问题了。卖桃女的电子秤没有放在水平的坚硬的平面上,而是放在一团细桃枝和桃叶上。

李解放把桃枝桃叶清理掉。

李解放把电子秤放在平板三轮车底板上。

李解放把自己那一兜桃重新放在电子秤上——娘啊娘啊,整整多出来三斤二两!

……

李解放掂着两个又红又大的熟过了糖化了的桃,三个他太太喜欢吃的半软桃,三个他小孙子喜欢吃的脆甜桃,喜滋滋地往军干所走。他毕竟做了一件好事嘛。

背后传来卖桃女、买桃人的话语声:

"这老头儿真憨!"

"啥年代了,还有这种憨子?"

"要是我,你多给我三斤多桃,我决不会拐回来!"

"不卖了！不卖了！这秤今儿使俺丢大人了！俺真想把它砸了!"

……

军　嫂

　　一天下班,穿过晾衣场。我看见一个女人在晾衣服。她把衣服抖开,抖两下挂在晾衣架上,用手抻展皱褶,用竹夹子夹住。她晾的是军袄军裤,长长的一溜儿,有十多件。副班长转回头冲我们挤挤眼说:"那是班长家属,她洗的是咱们的军装。来,咱们一齐喊:'班长太太好!'""班长太太好——"那女人一惊,手中的军衣差点落了地。她转过身来。噢!这就是班长夫人哪!我心里一颤。班长是我们连属第一的帅哥儿:一米七八的个儿,浓眉大眼,白净面皮。不管是在会操队列里还是在篮球场上始终是我们连队的招牌。可这位班长夫人呢,一米五几的个儿,胖短身材,海棠脸色,高颧骨,活脱脱土豆一个。但她的两只眼睛倒很大很黑很深……唉,老天爷不睁眼,乱点鸳鸯谱!班长和太太住在西头的板房里。那是连队的招待所。我们工程兵天天钻山沟年年搬家,住板房是特权。夜里十点钟,熄灯号响了。副班长捅捅我:"走,去看看班长睡了没有?"虽然我刚满十八岁,但我也知道副班长要我听房哩。我脸红了:"我不去!""新兵蛋子,执行命令!""口令?""伏牛山!""为什么不睡觉?""执行副班长命令,听班长两口的房!"游动哨兵过来了。招待所班长住室的灯亮着。我蹑手蹑脚来到房前,把耳朵贴在房门上。"咚!咚!"什么响?噢,是拳头打人脊背的声音。"你你你——俺跑了一千多里地来找你……"是班长太太的声音。"呲呲呲!"这又是什么响声?我辨不出来。"嗨嗨嗨,你打就打吧,不要挖呀!你把我脸挖破了,明天咋见人?""就挖你,就挖你!阿跑了一千多里路,你太欺负人了……"咦,班长太太打班长哩,我呼地推开了门……

一晃十天过去了。班长太太倒是个勤快女人,这十天里她把我们全排的军衣洗了一遍,被褥拆洗了一遍。真的,她洗衣洗被的形象很可爱的。我不恨她了,虽然班长脸上的伤痕还在。这一天,天特别热,夜半,雷鸣电闪,大雨滂沱。南方地区刮风下雨是正常现象,我翻了个身又入睡了。"哗啦啦!"床板猛烈地晃动起来。"山体滑坡了!快出去——"有经验的副班长大声喊起来。我们班以比平常夜间紧急集合还快的速度出现在连队广场上。"一、二、三、四、五、六、七——"列队报数。连长的命令声传来:"一排二排三排,跑步到四排驻地——""一班的,向左转跑步走——"班长从招待所跑来,人未入列,口令已出。高压电已停,手电筒光柱雪亮。大石块、小石块、泥石流冲塌了四排的营房。四排的战友们大部分被石块、碎泥、石板房碎片压住了。连长站在一块大石头上指挥:"一排从东边清理救人,二排从西边清理救人,三排从北边清理救人!连队安全员密切注意山体和大石头!""哎哟!""哎呀!""战友们我在这里呢!"我们用手搬开石块、碎板房片,用工兵锹铲走泥石渣。我们拉住战友的手,护住战友的头,清除盖在他身上的东西。"十班长,别着急,我拉你出来!"我把盖在十班长身上的碎石清完了。我抱住他往外拖。"哎哟,脚,脚!"十班长喊起来。"俺来了!"一个低矮的身影,一个女人的声音。"小牛不要拖,两块石头夹着十班长的脚呢!""啊,是班长太太!"我大吃一惊,本能地喊:"你来干什么?这里危险,快离开!""俺来救人!你啰唆个屁!小牛,来,俺搬开石块,你拖班长!一、二、三、拖——"班长太太大声命令我……

天亮了。战友们大部分被救出来了。还有几个战友埋得比较深,但没有生命危险,通过缝隙可以说话呢。"哎哟!"我的手指真疼。我低头看,十个手指全破了,血糊糊的。肯定是碎石尖、木板茬扎破的,刚才只顾救人没发现。"小牛,快把指头放进嘴里吸吸,把脏血吸出来!唾沫还消毒呢!"班长太太抓住我的手指头放进她嘴里。"你,你……"我异常紧张。男女有别啊!"不要动!"班长太太语气严厉,如班长下命令一样。我服从命令,垂下眼帘,"啊,嫂子!别管我了,你的手指也都破了!"班长太太的手指、手掌全都破了,双手血红血红的……

"小牛别动,服从命令,还有一个手指头呢!"班长太太的命令声比班长还大。

"一班长家属闪开,有飞石!"站在大石块上的连长大声喊。

"轰隆隆!"一块斗大石块从山坡飞奔而来。

"小牛闪开——"班长太太用力把我推开。

班长太太受伤了。

在师部医院去掉绷带时,班长太太额头多了一道五公分的疤痕。

夜里。新营区招待所。我们全班人都把耳朵贴在墙壁上。

"来吧,亲爱的。"

"俺更丑了,你不嫌?"

"我不敢嫌,嫌你,一班的战士不把我吃了?"

"嘻嘻嘻!"

灯灭了。

……

果果的生日蛋糕

今天是果果的生日。M 县 H 镇中心小学一年级学生果果非常骄傲,明天他八岁了!

果果放学回家,抓紧时间做作业。一会儿妈妈就回来了。妈妈是镇政府妇联主席,大忙人哩。妈妈每天晚上不过八点不进门。但今天妈妈会早点进门,昨天说好给果果过八岁生日。果果要求订一个"武松打虎"图案的大蛋糕,妈妈同意了,还和果果拉了勾呢。

果果把作业写完了,认真检查了三遍。果果八岁了,要克服马虎的毛病呢。

果果饿了。如果是昨天果果会打开冰箱取出一盒果味酸奶、五块巧克力饼干,垫吧垫吧。妈妈回来会麻利地做饭,和果果共进晚餐。今天果果忍了,他在等妈妈送给他的"武松打虎"图案大蛋糕呢。

果果想:妈妈提着蛋糕进门。妈妈三下五除二把蛋糕摆放在餐桌上,把八根彩色蜡烛插在蛋糕上,用火柴燃着。妈妈朗声笑着说:"果果小同学,许个愿吧……"

"铛!铛!铛!"墙壁上的石英钟报晚八点的时间了。

果果抬眼一看,心又想:妈妈现在离开山窑村了吧?山窑村在伏牛山腹地,果果和当军官的爸爸去过,那是个风景秀丽的村子。妈妈去那里看望一位阿姨,阿姨一胎生了三个小宝宝。果果的肚子"咕咕"乱叫,饿得不行了。果果拉开冰箱取出了一块巧克力饼干。果果不敢取出果味酸奶。他担心自己的控制力。"果味酸奶是不能吃的,它肯定会冲淡

'武松打虎'图案大蛋糕的味道……"

"铛！铛！铛！"墙壁上石英钟报八点半的时间了。

果果没听见。

果果睡着了,趴在餐桌上睡着了。

好狠心的果果妈妈呀,既然答应了给果果过生日,为什么到现在还不回来？

果果妈妈手提着"武松打虎"图案大蛋糕,脚步匆匆。

果果妈妈齐耳短发目光似水脸盘俊秀。她不是回家给果果过生日,而是去镇政府参加一个重要会议。

果果妈妈手提给儿子订做的"武松打虎"图案的生日蛋糕快到家时,接到镇长的电话:"咱们县有从武汉回来的农民工。速来镇办公室参加县紧急'新冠肺炎'防疫会议！"

会议十点钟还没结束。落实防疫人员、措施,十分具体、复杂呢……

此时,趴在餐桌上的果果正在梦中。

瞧,果果的嘴在一翕一翕的。

咦,口水出来了。

呀,梦中的果果还笑了,两腮上的酒窝真对称、真好看！

果果做梦吃妈妈给自己买的"武松打虎"图案生日大蛋糕呢……

"先吃老虎的耳朵,再吃老虎的头,最后吃老虎的尾巴……"

"武松是不能吃的。武松是英雄。我要留着明天带到学校去炫耀炫耀……"

……

两条项链

A城火车站广场上到处是人,旅行箱、包裹。来自伏牛山腹地的李葡萄左手一个玫瑰花便包,右手一个牡丹花便包,背上还背着一只大号军绿色旅行包。嘴里大声嚷着:"让让!给俺让让!哎,踩着你啦!哎,你绊俺弄啥?哎,你没长眼?哎,俺没长眼!"李葡萄头发乱了,一抹刘海掩住了紫红色的皮肤和粗糙的半边脸,上衣扣子挣开了三个,乳罩也见了大红日头了!

李葡萄好不容易来到了广场东北角的小商品市场。"哎,卖项链的人呢?光有摊,没有人呢?"李葡萄转着身子大声喊着。

李葡萄这次到A城来是办大事的。她的闺女石榴要结婚了,她是来参加婚礼的。本来说好丈夫要同来,但农机站的工作离不开,夏收夏种,农机站首忙其冲呀。九十二岁的老母亲闹着也要来,石榴是她一把屎一把尿一手带大的,她还伴着石榴从小学到读完县城的重点高中。如今石榴已经大学毕业了,考上了A城公务员——警察。老母亲是有功之臣呀,应该来的呀!但九十二岁高龄的老母亲身体素质一般,怹热的天,两千公里的路程……她老人家是坚决不能来的!为了不惹母亲生气,李葡萄骗老人:天太热了,河北又发大水,还是学生暑假期间,火车站不卖九十岁以上老人的票。

亲家公、亲家母是工人,但婚礼还算排场。专门请婚庆公司操办,什么大彩圆圆门呀!什么放鞭炮呀!什么车队逛大街呀!什么"苏小妹三难新郎"呀!什么唱戏呀!什么唱歌呀!什么送给新郎八千八百八十八元的改口费呀！还有丰盛的酒席，可口的饭菜，从没见过、从没吃过的肉、菜！还有主持人那能说会道的小嘴啊，会笑的两只大眼睛啊，会逗人笑的词啊。还有亲家公的发言、自己的发言（她根本不知道说的啥）……这一切对李葡萄来说都是新鲜的、震撼的、感动的。她觉得耳朵不够用，眼睛不够用，嘴巴也不够用。但李葡萄在享受这些美妙、圣洁、崇高的东西之时，一句话情不自禁从嘴边流出，"俺娘应该来的呀！"是的，老人家是应该来的。她老人家一九二三年五月出生至今也没见过恁多感人的场面，没有听过恁好的音乐、歌曲、戏曲啊，没有吃过恁丰盛的酒席啊！

今儿她要返回伏牛山了，那三个包裹是亲家、女儿、女婿送的当地特产。当警察的小两口把她送到车站就走了，他俩今天要参加局里组织的防火大检查。

坐在候车室大厅的椅子上，李葡萄闭上了眼睛。她感谢现在的社会啊，女儿没托关系、没走后门，凭本事考上了 A 市的警察。她感谢亲家公亲家母没有嫌弃女儿是农民出身的山里妞，席间还给自己敬酒夹菜。她感谢老天给自己准备了一个那么高挑、秀气、文雅、知书达理的半个儿，还是硕士生、副科级呢！她感谢高铁火车，六个小时就把她拉到 A 城。她感谢 A 城的小商品市场，咋有恁好看的东西，恁便宜的小孩玩具。飞船上天——接上电源，小飞船亮了，把它放在精致的弹弓座上，拉开弹弓"嘭"亮着灯的飞船直冲夜空，然后飘飘旋旋落下。她买了十个，她有五个内侄内侄女，五个外侄外侄女，一人一个嘛！她更自豪的是昨日逛市场，看到一个卖项链的摊儿，她眼睛突然一亮：金灿灿、白亮亮的各种项链，是由粗壮、细致的各种花样的小环环套成。"给老母亲买一个最粗大的、最金黄的天津麻花样式的项链吧！"老母亲一定就不生自己的气啦！一定不撅嘴了！一定破涕为笑了！自己心里那块装了几天的砖头也会落地了!

"哎!哎!俺要那最粗、最黄的!"

"一公分四块钱。"

"一根项链多少公分。"

"五十至五十五公分。"

哎!哎!哎!该死的!你真该死了!你真真该死了!李葡萄不知为什么突然站起来,自己大声骂着自己。她旋即将大军用旅行包背在了自己背上,又左手一个玫瑰花包,右手一个牡丹花包,向车站外冲去!

她疯了吗?不!她突然想起应该给婆母娘也买一条项链呀!她和婆母娘的关系并不咋好!她生两个孩子,一男一女,婆母娘都托词不带!如果不是嫁给她儿子做媳妇,谁认那个老妖婆!但婆母娘挺不幸的,十年前就瘫痪了,四个儿女轮着养,一家三个月。端吃端喝、擦屎刮尿,还要按摩,为了不生褥疮!她老人家现在在大闺女家!下月就轮到自己家了!

"哎!卖项链的人呢?卖大黄金项链的大妹子呢?"

"来啦!来啦!"一个中年穿的珠光宝气的女老板来了,她可能上厕所了。"大姐……"她对李葡萄还有印象。

"快快快!"李葡萄撸一把汗,语无伦次,"再给俺截一条大黄金项链!"

"您昨天才买了一条呀!"女老板笑着说道。

"那是给亲娘的!这是给婆母娘的!"李葡萄大声地实事求是地说。

"噢!"老板一愣,接着动手截项链,"和昨天一样长短吧?"

"比昨个儿多两公分,省的俺那死鬼男人说啥?也省的村里人嚼舌头。"

"咦,"女老板又一怔,手里活也停下了……

"快点,磨叽啥？火车快开了!"李葡萄大喊起来。

"给你钱,不找了!"李葡萄掷过去三张百元大钞。

"给婆母娘只收一百块!"

火车开了,差五分钟就误车了!

活雷锋

二十世纪七十年代中期,我在县城读中学。那是个吃红薯都吃不饱的年代。我病了,又冷又饿还发烧,倒在回家的路上。当我醒来时,我发现自己躺在一个陌生的地方,一个陌生人坐在我身边。他嚷道:"醒了孩子,你可醒了!两天两夜了!"这是一间简陋的房子,干打垒墙,毛草顶。窗户有好几个,小的像鼻孔。坐在我身边,喂我红薯面糊糊的陌生人,是一位四十多岁的汉子,他胡子邋遢的,黑红脸庞,宽脑门,丹凤眼。他说:"我叫吴牛,万山村的。"

"万山村吴牛?"我挣扎着起来。这是伏牛县大名鼎鼎的活雷锋啊!我记起来了,他去我们学校做过报告。他的事迹很感人。他在县城大街上,拦过惊骡子。他窜上去,双手抱住惊骡子的脖子,被骡子拖了一百多米。救了前面实验小学戴着红领巾去春游的小学生们……

我在吴牛的茅草屋里休养了五天,头不疼不晕不烧了。我离开了。

滴水之恩当涌泉相报,这是救命之恩啊!这以后,我读大学,读博士,参加工作,年年回乡探亲,第一看望父母,第二看望吴牛。说实话,当初我真想叫他干爹。但他说"雷锋同志不收干儿子"。

……

今儿是清明节。

我的奥迪车在县乡公路上疾驰。我孙子开着车,我和老伴儿子一同返乡祭祖。老规矩,先上祖父祖母父亲母亲的坟,后到吴牛的坟地去。

祖上的坟在伏牛山脚下,松柏掩映坟草青青。我们一家五口很虔诚地上土、压白纸花、焚香跪拜。祝愿祖父祖母父母亲在天上生活富足幸福。孙子带着高级摄像机,录了视频。"谁言寸草心,报得三春晖。"父母的养育之恩比天高,比伏牛山大。

吴牛的坟地在岭西。我们驱车过去。吴牛死得有些突然、意外,甚至荒唐!他扛着锄头下工回来,中庄小蛤蟆在路边的水库里挣扎:"救命啊!救命啊!"吴牛把锄头一丢就跳了进去。等大家把小蛤蟆救了上来,才发现只有吴牛的锄头,没有吴牛了。大家又二次下水把吴牛捞上来,吴牛已经没气了。原来吴牛不会水!县里、乡里、村里为他开了追悼会。县民政局又开了三次会,没有给他烈士待遇。

吴牛的坟前有很多人,黑压压一片。有男人、女人、老年人、中年人、青年人,还有穿着新颖时髦活泼可爱的男娃儿女娃儿。他们有的跪拜叩头,有的挥锹添土,有的压白纸花,有的用打火机燃柏香,有的作揖上香。还有的抹着泪花说着什么……

"咦!郑州的大教授回来了!"乡亲一起转过脸异口同声地和我打招呼。

他们中间有我认识的,也有不认识的。我认识的这些人,他们和我一样——吴牛生前帮助过他们,支援过他们,照顾过他们,救过他们!他们今天该来祭拜……

恩人吴牛,学习雷锋的积极分子吴牛,您在天上的生活好吧?

乡亲们闪开一条路。我们一家五口提着铁锹、白纸花、柏香、祭品,来到吴牛的坟前。我们像拜祭爷爷奶奶父亲母亲一样虔诚地添土、压纸花、上祭品、焚柏香……

我禁不住泪流满面。想着那年我饥寒病疼交加,晕倒在山路上。没有吴牛救我,就没命了……

我的老伴儿、儿子、儿媳、孙子也都跪到地上,泣不成声。

几位长者把我们一家五口拉起来:"起来吧孩子,你是好人。你们一家是好人。吴牛更是好人!"

是的,今天来给吴牛上坟的人,谁没有得到过吴牛的好处啊……

这是吴牛资助过的穷学生彬彬!

这是吴牛献骨髓救下南村的东娃!

这是吴牛无偿为他们家代耕土地三年的无劳力户学文!

这是吴牛在县城大街舍身拦惊骡免遭横祸的实验小学一年级三班的班代表!

这是中庄小蛤蟆!

……

孙子的高级摄像机清晰地记录了我们祭祀吴牛的场面。

他把这段视频传到了网上。

点赞率数万!

网友们,你出一百元我出二百元累计过五万元了。

他们要求我给吴牛修一座陵园。

我独断专行,在墓碑上刻字:

干爹吴牛——活雷锋之墓。

党　费

阴历十月一日,我驱车到豫北老家给已故父亲送寒衣(纸冥币、纸西服、纸皮鞋、纸羽绒服、纸内衣)。坟地归来,我坐在母亲身边,握住母亲的手恳求:"娘,跟我上郑州吧?"

"大记者回来了?"大门砰的开了。隔壁三叔闯了进来。三叔是村里的大能人:自学成才,能看懂图纸,能搞工程预算,能组织一帮农民外出打工。是社会公认的农民工工头。因为他文化水平浅,又因为外部的世界太复杂,他经常给我打电话,问揽活讨薪的诀窍。

"大侄子抽烟!"三叔扔过来一盒烟。霍!大中华!"大侄子,那笔钱我讨回来了。你想不想听听我讨薪的过程?"三叔在我对面的小马扎上坐下来,取下脖子里的旱烟袋,熟练的装烟丝点火。

"想啊!"我说。农民工问题,是国策问题。整个新闻界都关注。

"那文章发表了,报纸给我十张,稿费换成四川黑烟。"三叔是个不吃亏的人。

"中!"

三叔狠狠地抽了一大口烟,然后慢慢地慢慢地吐了出来。那烟成了一个又一个的圈……

那厂长叫张孬,太刁了。我带着十几个人给他打混凝土地面,包净工,讲好一平方米十二元。干完了,一算账是五万八千元整。张孬厂长说:"十天以后来取钱。"我说:"协议上写的是完工后付钱啊!"张孬厂长说:"是验收合格后付钱。"我没有啥说了。出于谨慎我说:"那你打张欠条吧!"张孬厂长眼睛一瞪:"不相信我的人品？打条五万元,不打条五万八千元!"

"打条五万元？这也太狠了吧!"但我算了算,不赔本,"五万元就五万元吧。"

张孬厂长打了一张条:欠李三旺工人工资五万元整。待验收合格之后付讫。签名:张孬。

咱们村的人干活不偷奸耍滑。尤其我带的人,干活更是实在、严格。混凝土是按规定比例兑的,搅拌严格执行规定时间。摊铺抹面是我亲自监督的。质量第一,这是做商人、做工程的根本啊。

十天之后我来讨五万元工钱了。

张孬厂长说:"还没有验收呢,再等十天。"

又过十天,我又来了。

张孬厂长又说:"再过十天,你没看我这几天忙得脚丫子朝天!"

我的脑袋嗡的胀大了:娘啊,遇见坏人了！我就打电话给你。你说去劳动局找监察大队吧。

我第一次去了新新县的劳动局监察大队。

接待我的是一位四十多岁娃娃脸的干部。他问了我的情况,按照欠条上的电话,拨通了张孬厂长的手机。

张孬厂长一会儿就到了。他和娃娃脸挺熟。他握住娃娃脸的手笑容可掬:"大队长,找我啥事呀？"

娃娃脸指了指坐在旁边的我。

张孬厂长的脸沉了下来:"我又没说不给你们钱,你们惊动政府干啥？"

我懦懦的。我也有点心虚。

"走吧,走吧,再等十天,我准给你!"张孬厂长拉住我就走……

三叔磕掉烟灰把烟袋挂到脖子上。他站了起来搓着双手说:"第四个十天我又到了厂里,厂里只有藏獒没有张孬!"

"我又打电话给你!"三叔走到我面前,"你回答的更加明确,'继续找劳动监察大队'。"

第二天我又来到劳动监察大队。接待我的还是娃娃脸大队长。我报告了情况。他懒洋洋地打着哈欠说:"你找不到张孬,张孬跑路了。我也没有办法啊。"

我再次打电话给你。你就给我几个字:"你问问他是不是中国共产党党员?"

我一惊。你这招儿灵!"你是不是中国共产党党员?"劳动监察大队长肯定是中国共产党党员。这把他逼到了墙角!

我转身又进劳动监察大队办公室,我还临场发挥了:"我不是中国共产党党员。您是不是中国共产党党员?您肯定是中国共产党党员。中国共产党党员就要管老百姓的事!"

……

"大侄子,"三叔喜形于色,"你知道吗?我讨回来的不是五万元而是五万八千元呀!"

"大侄子,三叔谢谢你了!"三叔把一个红包放在我面前。那是八千元钱。

我笑了。我把红包拿起来塞到他怀里说:"不要谢我。"

晚饭后三叔又来了。他拿着一张大红纸和那八千元钱:"大侄子,帮我写份入党申请书吧。这是我今年的党费!"

哥俩好

北京时间八点钟。

"轰！轰！轰！"第一辆摩托车发动了。

北京时间八点零一分钟。"轰！轰！轰！"第二辆摩托车发动了。

北京时间八点十一分钟。"轰！轰！轰！"第三辆摩托车发动了。

两辆摩托车一前一后，车距三米左右，在樱桃沟中速行驶。第一辆摩托车驾驶员是万安山樱桃公司的杏花会计。杏花带着牡丹花头盔，穿着牡丹花连衣裙。三十多岁年纪，算得上公司第一美人。后边摩托车驾驶员是万安山樱桃公司的大松总经理。大松总经理一米八的个头儿，戴着蝙蝠侠头盔，着夏款浅色运动服。是一位让姑娘们动心的汉子。

"老二家的，你停下！"摩托车驶出了樱桃沟，大松总经理在后面说话了。

"吱——"杏花会计刹住车，双脚点地，"啥事大哥？""咱把那账再算算吧。我觉得北崖果蔬物流公司的账不对。"

"中。"

樱桃沟口有一棵合抱粗的大皂角树，树冠又大又厚。六月天八点多钟的太阳很毒的，但这里凉快。万安山樱桃公司的总经理大松与会计杏花各自在凸起的树根上坐下。大松总经理掏出小本，杏花会计拿出账本和计算器。

"六月二十日出库樱桃，一百箱一级，一百箱二级，一百箱三级。"

"六月二十二日，一百箱一级，一百箱二级，一百箱三级。"

"六月二十六日,一百箱一级,一百箱二级,一百箱三级。"

"六月三十日,一百五十箱特级,八十箱二级,一百箱三级。"

……

"共合计人民币三万八千零五十一元人民币整。"杏花会计清脆地说道。

大松总经理道:"和咱在沟里办公室合计的数字一致吗?"

"不对,差一万一千一百五十二元八角整。"

"咱俩再算一遍,有时候计算器也会跳错。"大松总经理说。

"中!"

"呀!就是多算了!"杏花会计站了起来。

"这就对了,这次和上次出库的箱数差不多,不可能多一万多元。"大松总经理说。

"咱们商人算账一定要算两遍,亏了谁都不好。"大松总经理欲站起来。

"老二家的,拉我一把,我腿麻了!"

与北崖果蔬物流公司算完账,他们又到市直中学看了各自的孩子,虎子和妞妞。日正南,他们在镇上的农家乐餐厅就餐。大松、二松他们兄弟两个承包樱桃沟十年了,投入不少。今年樱桃大丰收。他们趁势在县工商局注册了公司。大松是总经理,主抓公共关系和销售。二松是常务副总,管技术和生产。杏花是二松的媳妇,是会计。大松媳妇青草是后勤部长,主管爷爷、公公、婆婆、儿子、侄女。镇上的人又喜欢他们又眼红他们。他俩在靠窗的雅间坐下。老规矩,一盆胡辣汤,一盘粉胡卜,一盘蛋炒饭。大松总经理爱吃粉胡卜,杏花会计喜欢蛋炒饭,喝胡辣汤是两人的共同嗜好。杏花会计把胡辣汤分成一大一小两碗,她把大碗恭恭敬敬地放在大松总经理面前说:"大哥,你喜欢喝,多喝点。"

下午他俩又到另一家果蔬物流公司算账。太阳偏西的时候,他们骑车返回樱桃沟。

"哎呀,坏了!"上午来的时候铁庄河床还干干爽爽的,现在怎么黄水漫河床了?足有三十多米宽!噢!是三张龙王庙水库放水浇地了。

"咋办?"

这难不倒大松总经理。他说:"杏花,你把摩托车放到铁庄你姐家吧,咱俩骑一辆摩托车回沟里。"

大松总经理把裤脚绾了绾,腰带紧了紧,说:"老二家的,你在这边等着,让我骑车先探探路!"

"大哥,你要小心呀。"杏花会计关心地叮嘱。

"放心吧,这条河我太熟了,闭着眼睛也能摸个来回。"大松总经理发动了摩托。他靠着自己的记忆,选择着老路基行驶着。老路基是过去的漫水桥,不会被冲垮的。

"来,老二家的,快上来!"大松总经理招呼着。

杏花会计犹豫了一下,上了大松总经理的黄河一二五摩托车后座。

"老二家的,抱住我的腰,别把你颠下去了!"大松总经理命令道。

杏花会计又犹豫了一下照办了。

黄河一二五摩托车在水有一尺多深的老路基上行驶着。大松总经理开得很稳。当然也有坑洼、也有颠簸。但杏花会计不憨,抱得紧,没有掉进水里。

回头看。"霍",后面跟了一长溜过河摩托!

……

月亮升起来的时候,第三辆摩托车的主人还在发酒疯:

"你们真真是,放屁不臭!谁说俺杏花在大皂角树下和俺大哥亲嘴了?"

"你们真真是,满嘴喷粪!谁说俺杏花在咱镇上和俺大哥喝交杯酒了?"

"你们真真是,胡说八道!谁说俺杏花天天坐俺哥的摩托车,搂着俺哥的腰?今天是搂了,但那是要过河!过河别说搂了,就是俺哥背杏花,俺也能理解!"

"你们真真是,见不得俺哥俩好,嫉妒俺哥俩挣大钱啊!"

……

囍

今儿小豹子结婚。迎亲的车队还没回来。村里的贺喜队老杆子队长便披挂整齐带着一帮小喽啰在南桥上恭候了。贺喜队,哈!叫起哄队、捣蛋队更确切!队长老杆子,五十多岁,瘦高个,精气神十足。他还是乡里赫赫有名的舞狮队队长。每年元宵节各村舞狮比赛,拿走雄狮爬老杆项目奖的一定是他。有人说,"就应该是他,他五十多岁了还没有沾过女人——童子功呗!"

老杆子队长今天着舞狮的红色紧身衣灯笼裤格外精神。他大声命令道:"孩子们注意了,热闹时要有点分寸,小豹子的爹死得早,张大妹子把小豹子养大不容易,要手下留情呦。"

"明白!明白!明白!"贺喜队员们回答的声音震天动地。

"叭叭叭!叭叭叭!"迎亲的车队回来了。

结婚古时候坐轿,现在坐小汽车。最前面一辆是外国产的加长轿车林肯。车里坐着牡丹花般好看的新娘和英气逼人的大学老师小豹子。后边还跟着五辆小汽车,车里坐着新娘的亲人们。

"咦,那妮子真好看,像天上的仙女!"

"小豹子真有福气啊,听说他俩是大学同班同学!"

"哎,张大妹子可熬出来了!守二十五年的寡呀,苦啊!"有人叹息。

"不当家不知柴米贵,不守寡不知守寡难啊!"有人附和。

"别说了,再说我要哭了!"有人制止。

看见车队了,贺喜队的小喽啰们齐声喊道:"豹子他娘,豹子他伯,豹子他叔,出来迎亲了!"

桥南头,那新盖的一排二层小楼就是豹子家。楼房前有三片小院,那是豹子家和叔伯家的。这房子是新农村搬迁房,老百姓不出钱。

豹子的长辈们打开大门,喜盈盈地出来了。

豹子他娘,一个风韵犹存的半老徐娘,甜甜地对左右说:"大哥,小三,咱仨要用劲拉呀!"

"是啊!"大伯子瓮声瓮气地回答。

"中!"小叔子清清脆脆地回答。

闹新房、戏新娘新郎、戏公公婆婆、戏叔叔伯伯的故事古来就有,手段多样。但发展到今天,变成——新郎新娘坐在汽车里,长辈们合力往家拉。几位长辈几根红绳子,把红绳子系在汽车前端挂钩上。绡子上还缠着耀眼的红绸子。几根红绳子拉林肯汽车,这是谁想的主意?够缺德了!平坦路都拉不动,甭说拉上坡了!

拉不动没关系,有补救的方法。这也是贺喜队嬉主人的一个节目。贺喜队老杆子队长手拿三支毛笔,三个贺喜队员每人端一个碗,那碗里放着红、蓝、黑、墨汁。

"幸福人,要不要给加点油啊。"老杆子队长喊着。

所谓加油,就是给脸上涂点红蓝黑墨水。如果不让涂就掏钱。大家知道,即使掏钱也过不了这一关。热闹呗!高兴呗!愿意成花狗脸呗!当然了,财大气粗的大老板们掏大钱,一万两万的,也不用当老花狗了。

寡妇张大妹子及叔伯们供小豹子读大学已不容易了,哪里还有大把的钱?各个觍着脸说:"死鬼们,涂吧,画吧!"说实话,他们愿意让涂,愿意让画。他们高兴,他们也愿乡亲们笑成一片!

贺喜队老杆子队长手持毛笔,"唰唰唰"把大伯画成了一个牛魔王样,在小叔子的脸上画了一个孙悟空的样子。轮到涂张大妹子了,他停住了,他的手有些抖! 张大妹子那张漂亮的脸向前伸了伸,嗔嗔地说:"涂呀,憨子!"

"唰唰唰!"张大妹子变成南海观世音了!

"哈哈哈!"

"嘎嘎嘎!"

"嘻嘻嘻!"

人们笑成了一团。

林肯汽车里的新郎新娘幸福地依偎着。他们看着车前的恶作剧。新郎还指指点点给新娘介绍着什么。后边几辆汽车里的送亲人也都下车了。他们不当送亲人了,变成看热闹的人了。

南风吹来,碧绿的皂角树叶沙沙作响。一望无际的麦田里,飘来麦花香。站在远处土坎上几位白发苍苍的老者捋着胡子:"孩子们生在福窝里了。"红日转正南。乡里专门给村里人过喜事的大厨喊:"老杆子队长,差不多了,吃酒席了——"

"听到了!"贺喜队老杆子队长答应一声,跳到林肯汽车前面,双手抱拳,行了一个转圈礼,大声说:"今儿俺小豹子结婚了。今儿俺要和张大妹子办登记手续了。今儿结婚的费用我这个后爹全包了!"

"噢——噢——噢——"杨柳村沸腾了。老者点头,村人欢呼,送亲人欢呼,新郎新娘也从车里出来了……

大家知道:老杆子队长和张大妹子爱恋已久。张大妹子怕后爹给小豹子气受,说:"小豹子结婚,俺跟你走!"

出　狱

"人过五十智来全。"我六十了,退休了,还傻蛋一个——借钱炒股赔钱吃官司。县法院执行厅把我丢进了南山拘留所。这地方我第一次来,不是人待的地方。稀饭、馒头、咸菜,清汤寡水,室友个个面目狰狞,怪声怪气,吵架声、厮打声、咬牙磨齿声、放屁打呼噜声充盈于耳!我那个后悔啊……

"一百一十一号!出来!有人探视!"狱警传似狼吼。

"哪位来看我?"我疑惑不解。昨天白发苍苍的老母亲才来探望过我。乱时方显人心贵,妻子、儿子、女儿都没来。探视室是一件大房子,中间有铁栅栏隔着。外侧站着一位陌生人。他六十多岁年纪,身材高大,背微驼,满头白发,长瘦脸,额头皱纹极深。他眼睛不大,却很有神。他笑着说:"老同学,您怎么到这里休养来了?"外地口音。

"您是……"

我虽然不满意他那讥讽、挖苦人的语气,但我已无自尊了。

"呦,老同学,您不认识我了?"陌生人呵呵地笑起来了,笑声很爽朗。

"是的,您不会认识我了,您早把我忘了!您是谁啊,大名鼎鼎的股票高手啊!"陌生人继续操着外地口音挖苦着我。

世上没有无缘无故的恨,也没有无缘无故的爱。既然陌生人能在这个时候来看我,他肯定与我有关系……我眨巴着眼睛端详着他的脸,审视着他的身材……

"小偷郭国,您真的把我忘了吗?"陌生人又向前跨了一步,脸贴在铁栅栏上。

"小偷郭国……小偷郭国……"一个好陌生的称号,一个好侮辱人的称号!

"你……"我有些恼了。我虽然身陷囹圄,但也不想有"小偷"的雅号。我借钱炒股输了没钱还被关在这里,但我不是贼啊!

"哈哈哈!"陌生人放声大笑,"小偷郭国,我是一一二三战旗队司令周宏伟啊!"

"一一二三战旗队周宏伟司令……"

"啊——啊——啊——"我想起来了。

那是一九六六年末,我们石头县第一中学先后成立十几个红卫兵战斗队。赴北京,赴上海,赴韶山冲,赴兰考,赴工厂,赴农村,进行革命大串联!我因去年偷了本班同学二十四斤半粮票、十五块八毛钱人民币,被学校抓住,记大过一次。没有红卫兵战斗队收留我。我也想当红卫兵,但哪个战斗队敢要我?怕我偷他们!一天,我正在操场上哭泣。班篮球队队长周宏伟拍着我的肩头说:"郭国,参加我们一一二三战旗队吧?我不怕你偷我们。我相信你不会再偷东西了。"

……

"周队长,周司令,宏伟哥,……"

我双手抓住了周宏伟从铁栅栏那边伸进来的手。

我老泪纵横,泣不成声……

是的,他是我的初中同学周宏伟!我跟着他,乘着坐车不掏钱,吃饭不掏钱,住旅店不掏钱的串连风,去了北京、上海、韶山冲……"

"文化大革命"结束了。我们都回村当了民办教师,都结了婚。可他却遭到了天大的不幸——他的妻子水性杨花,和他姐姐的丈夫私奔了！奇耻大辱啊！他无法在学校、在故乡待下去了。他要离开这个地方！他要闯新疆！他说新疆地广人稀能容人。他是我的恩人啊。没有他,"文革"中的我不知会有什么不测。

他出走的那天夜里,月黑风高,我把家里所有钱都送给了他——那是一百六十六元六角整……

第二年,我不教书了,去村里当会计,第三年,我到县乡镇企业局当会计。大恩人周宏伟不在这个地面上了,慢慢地,我也就把他忘了……

"别打破砂锅问到底了!"周宏伟大声说,"之后我当了兵,参战受了伤,立了功,转业到乌鲁木齐饮食公司了。先学厨艺,后承包餐厅,再后来自己开了一家河南杜康酒店……"

"一百一十一号!"狱警大声喊,"你自由了,你的二十五万元执行款,乌鲁木齐河南杜康酒店的周老板替你还上了!"

……

儿时的元宵节

我的老家元宵节是正月十六日。

早晨吃元宵,我和妹妹每人分两个,爷爷奶奶每人三个,爹和娘一人一个。元宵是爹从镇上买回来的,黄麻纸包着,灰纸绳子十字缠绕几道,上面系个圆扣以便手提,正面还盖着一块红纸,每包十二个。那时家里虽穷,元宵节还是挺快乐的。

中午吃饺子,萝卜油渣馅。爹包的饺子是麦穗形,娘包的饺子是月牙形。看着那形状各异的饺子,我早馋得流口水了,但奶奶却不让吃。奶奶要我先供奉老天爷老天奶,再供奉十二老母。迄今为止,我也不知道十二老母是何方神圣!

在我家院子中间偏北一点,有一方我爹做的二尺多高一米多见方的青石桌子。桌子上有红纸黑墨汁写的老天爷牌位。牌位前放一碗酱黄色的烧豆腐,一碗小米捞饭,一碗棉籽油炸的有圆有长的丸子,一碗翠绿色的菠菜,一碗胡萝卜丝,一碗饺子。

奶奶住的上房屋里支着一张八仙桌,桌子上摆放着十二老母牌位,排位前也要放五碗供食。

"作揖,上香,跪下磕三个响头。"我跟在大人后面做完这些庄严肃穆的仪式,接下来等着吃饺子呢。但爷爷奶奶还长跪不起:奶奶双目微闭,嘴里念念有词"天爷爷天奶奶,保佑今年风调雨顺,生产队亩产超五百斤;保佑俺们全家结结实实没病没灾,保佑俺孙子孙女考试还占第一……"爷爷双手合十,跪在奶奶旁边作陪。

"噼里啪啦！"老爹点响了百支头红鞭炮……

"吃饺子啰——"我伸手抢过青石桌子上的饺子。

"先给爷奶吃！"老爹沉下了脸。

"爷奶吃十二老母桌子上的！"小妹天真地争辩道。

"吃吧,吃吧！让我的乖孙子、孙女先吃。"奶奶一连灿烂,笑的像个菩萨。

"让孩子先吃。他们正长个呢！"爷爷用温和的目光看着我和妹妹。

那元宵的味道甜呀！饺子的味道香啊！

多少年了,那时的年味仍留在记忆中,根植在我的脑髓、骨骼、肉体及至灵魂中。不是想忘就能忘掉,想删除就能够删除的！

两块钱

赵家的三姐、四姐虽然不是双胞胎,但长相特别像,不细看分不清是老三还是老四。今天四姐盼着三姐来,她不是想三姐了,而是想用三姐的老年乘车卡。原来她手中有一张物美超市的购物卡,卡里还有两块钱,今天就到期了,她不想浪费。她若乘公交车去物美超市,来回车费就四块钱,这不符合她过日子的原则!若三姐来,她就可以用三姐的老年卡免费乘车了。谢天谢地,三姐来了。

屋漏偏逢连阴雨,平时这条路是不怎么堵车的,今天就偏偏堵了。再过四十分钟超市就要关门了。四姐心里那个急呀,但急也没有办法。堵车老天爷也没有办法。"滴!滴!滴!"司机拍打着喇叭。前面红车里的司机聋子一样。"红车,你让一让!你后退一米,我们就过去了!"四姐打开车窗伸出脑袋大喊着。但前面的红车就是不动,不是不动是动不了。"红车红车,你退一退,不就得了!"四姐又喊。车里的人笑了。前方的红车司机根本听不到她的喊声。

天降甘霖,不知从哪里出来一位雷锋同志,帮助指挥,红车及他身后的几辆车都退了一米。

公交车在龙爪站一停,四姐便跳下车,飞一样向超市奔去。六十多岁的人了,也不注意点!

还有十分钟超市就要关门了。大喇叭喊:"顾客同志们注意了,请抓紧时间购物,关门时间快到了。"

四姐是个精明的人。两块钱能买什么?买一块豆腐吧。这豆腐是传统方法卤水点的,女儿特别喜欢吃,切成小丁丁慢火煎黄,撒上盐、葱、姜、蒜、香油、鸡精……

四妞直奔卖豆腐的柜台:"师傅,来一块豆腐。"

"好嘞。"漂亮的女服务员麻利地切豆腐、称豆腐、装袋、贴标签。

大喇叭继续喊着:"顾客同志们注意了……"

轮到四妞交款了。收银员拿过豆腐扫描:"两块零六分。"

"好嘞。"四妞递上购物卡,又去包里找零钱。"呀!"她出汗了,钱包没带!摸裤子兜里没钱,上衣兜里也没有。"该死该死!"她拍着自己的脑门。今天出门太着急了,真是急中出错。

"阿姨,还差六分钱。"服务员笑盈盈的。

四妞满脸通红,尴尬异常。她伸手拎起豆腐疾步返回豆腐柜台。"师傅,帮我换一块,要两块钱整的!"正忙着收拾柜台准备下班的服务员没理她。不知是没听见还是不想搭理她。

"师傅师傅,快帮我换一块吧。你们要下班了。"四妞几乎哀求地说。

漂亮的女服务员噘着嘴,黑丧着脸,接过豆腐削下一片,过称,正好。

"顾客们注意了……"大喇叭又在广播着。

"那位阿姨快点,跑两步,要下班了。"收银员也冲四妞喊着。

"好好好!"四妞又加大了步幅。

"噫噫噫!"四妞突然——天旋地转了……

走好，爷孙俩

武宝有一个好儿子。儿子又娶了一位非常漂亮贤惠的媳妇。媳妇又生了一个浓眉大眼虎头虎脑的"小小宝"。武宝不抽烟、不喝酒不近女色，但喜欢打麻将。武宝的儿子儿媳是对孝顺的小夫妻，在深圳打工。他们在网上给老爹买了一套自动麻将桌。武宝把麻将桌支在临街的前堂屋里。麻将桌每天工作十个小时左右。牌友们玩牌有输赢，十块钱一桌，打四圈。武宝开麻将屋不"抽头"，这是儿子儿媳叮嘱的。武宝还有个最大、最重要的任务：照顾孙子小小宝吃饭、睡觉、上学读书。菩萨奶奶对武宝好，送给他的这个小小宝聪明好学、懂礼貌、不打人、不骂人。他读小学三年级，他获得的三好学生的奖状、"小奥数"奖状、"小百花"作文奖状等贴满了一面墙。

这天是星期日。武宝的麻将屋外，风和日丽，屋内麻将桌工作正忙，牌友们战斗正酣，观战者们跃跃欲试。

武宝坐庄，这是第三圈了。武宝全神贯注地整理着自己手中的牌，他三个指头捏着幺鸡。他要把这张牌打出去，就和二、八条了。

"幺鸡！"武宝高声说着。

"爷爷、爷爷，我肚子疼！"突然一个弱弱的、怯生生的声音在他耳边响起。

是自己的孙子小小宝，他头也没转，习惯地说："饿了，冰箱里有春都火腿。"

武宝这会儿心里正急。昨个儿他输了二十多块钱，今天一定要捞回来。如果这局赢了——填了窟窿还多出一块钱呢。"二、八条,二、八条。"他心里祷告着。眼睛直直的盯着牌桌。

"爷爷、爷爷,我肚子疼,我肚子疼。"孙子小小宝的声音又在他耳边响起。

"火腿吃了吗?不饥,就去对门找憨蛋耍吧。"武宝的心,仍然在牌桌上。

"爷爷、爷爷,我肚子疼!"小小宝的声音提高了。

"肚子疼?"武宝这次听清楚了。但他舍不得分散自己注意力,满脑子都是二、八条。

"去灶房喝点热水,暖暖肚子就好了。"他敷衍地说。

"八条。"对门大侄子点了炮。

"和了!"武宝大叫一声推倒了牌。"今儿运气真好!"

武宝继续坐庄。人说运气来了挡也挡不住,天上真会掉馅饼。这不,打出一张牌,他就上停了。这次他又是和两张——东风、西风,对倒。

武宝把自己的牌翻扣在桌面上。他闭上眼睛,稳操胜券的静等东、西风的到来,好比钓鱼人手持鱼竿等鱼儿上钩一样!

第一圈,没有东、西风!

第二圈,没有东、西风!

第三圈,仍然没有东、西风!

武宝仍镇定自若,悠闲地双臂交叉于胸。他坚信第四圈一定会有的。

"西风!"终于左边的三华子扔出了武宝喜欢的牌。

"武宝,快出来,你家孙子不中了!"门口,村民组长的声音像炸雷一般响起。

小小宝躺在门外的青石板上,像大虾米一样蜷曲着。他双手捂着肚子,脸色铁青,嘴角流着污血。

"快打119!""打110!""打120!"人们乱作一团。

120救护车呼啸而来,呼啸而去。但还是晚了。

小小宝误食了南地打了农药的红香蕉苹果。

小小宝走了。他去了那个世界。

当晚,武宝上吊了。

第三辑

接婆婆

"春英啊,你真好。要不是你,俺这小脚不知啥时候才能挪到西村哩!"老太太爬上架子车感激地说。

"看您,五婶!我去接俺妈,您去看云姐,正好同路嘛!"

"噫,咱这宝宝七个月了吧?白胖白胖的,多逗人喜欢。"老太太用手指点着身边襁褓里胖娃儿的脸蛋儿说。

"那都是俺妈带得好。"

"这红包袱里包的是啥,鼓腾腾的,怎大?"

"上头是给俺妈蒸的白糖包子,和给俺姐家的黑蛋带的石榴;下头是俺妈的一件衣裳,怕她老坐车冷。"

"哎呀呀!你妈遇上你这贤惠媳妇,真是前世烧了好香!瞧,想得多周到!"

"不,五婶,俺不好。昨儿个俺都惹妈生气了,妈去姐家,就是俺气走的。"

"诳俺!诳俺!"称作五婶的老太太头摇得像货郎鼓。

"真的,不诳。"脸盘俊秀、泪光似水、身材匀称、着装朴素的春英红了脸。

"嗯?"五婶皱纹环镀的眼睛疑惑了。她根本不相信春英会惹婆婆生气。春英是方圆几十里出名的好媳妇,不消说对婆婆说话好听,态度温和,知冷知热。光她每年给婆婆添几件衣裳,把丈夫每次寄回来的钱,年终队里分的红都交给婆婆,就叫五婶服气的不得了。

"是这样的。"春英挪挪肩头的架子车拉带,俯身猛蹬几步说,"俺妈不想叫俺当秋收小组的小组长,她说那太疯,前些日子都提出来了。小组长是大伙选的呀,咋能不当?再说现在,农业政策落实了,大伙儿都一股儿劲朝前奔,俺也没法推辞呀……"

"当然,不是俺不尊重她的意见。"春英接着说,"她那思想是错误的,俺想收罢玉米,抽个工夫,好好跟她谈一谈。谁知,她老人家生气了,刁难俺哩,不给俺带宝宝了。您知道那两天队里突击抢收玉米,任务分到组,还开展劳动竞赛呢。头天清早,俺早早起了床,把宝宝送过去,她说头疼,俺就把宝宝带到地里放到树荫下;下午,俺看妈的精神怪好,又把宝宝送给她,她说胳膊疼!第二天早晨,她又说腰疼!啊,天底下哪有这样的奶奶?俺一急,二话没说,就板着脸把宝宝往她怀里一丢,下地去了……"

"可,可……"春英说到这儿,鼻子酸了,"万万没想到,俺下工回来,只见宝宝熟睡在床上,不见了婆婆……"

"哈哈哈……"五婶听罢大笑起来。她是位干练爽快的老太太,"大跃进"那年戴过劳模花,到现在还是村里的老积极。她说:"这你伤哪家子的心?分明是你婆婆的错嘛!不让你当组长,还耍心眼,哼!"

"不,是俺的错。"春英忍住眼眶里的泪水,皱着清秀的眉头,"妈虽然不对,但她是老人,俺不能给老人脸色呀!俺妈的脾气您知道,动不动就生气。"

"嗨。"五婶又笑了,"俺看还是你妈的错。你气了她,她住了闺女家,闺女再气了她,她住在谁家?她对你耍心眼,对她闺女也耍心眼吗?分明是闺女、媳妇两样待!"

"啊,这……"春英迟疑了一下,继而"咯咯"笑了,"五婶您真会说,俺妈要是跟您一样可就好了。"

"唉,咱可没福气有你这样的贤孝媳妇呀!"五婶扳着指头从心底里夸奖着,"模样俊,心窍灵,作风正,思想好……"

"五婶,您……"春英"咯噔"停下了车。她是最忌别人说她是好媳妇的,"您下去吧!"她噘着嘴生气了。

"啊,哈哈哈!"五婶一怔,接着哈哈大笑,"俺不说了,你是坏媳妇,是咱村最坏的媳妇,中不中?"

"不中,您得答应俺一件事。"贤惠、厚道、实在的春英,这时多了一个心眼。五婶是村里的好老太太,热爱集体,思想进步,而且婆媳关系处理得非常好。她待媳妇比闺女还亲,她常说:"媳妇天天伺候我,闺女一大就飞了,中屁用。"

"啥事?只要你五婶能办到的,准搁不下!"

春英忸怩着。她虽然已有了接回婆婆、帮助婆婆的好办法,这办法是组里的妯娌们给她出的,但她又想,同辈、外人总比自家人好说话呀!于是她央求着说:"我把俺妈接回来,您瞅个空儿去劝劝她。我看俺妈呀,还是有点老思想,她拿过去做媳妇的规矩要求俺。"

"中!中!"五婶拍着手,"这事俺包了!俺去了要狠狠剋你妈一顿,这个老浑头也太不知足了!像你这样的好媳妇,打上灯笼能找得着?要我说都得给她换个坏媳妇,叫她试试!你不知道现在有些小年轻媳妇呀……"

"唉!"提到现在的小年轻媳妇,春英的心像被锥子扎了一下,"确实有些不像话呀——不尊重婆婆,不把婆婆当老人、长辈待,呛白、训斥、刁难,甚至把婆婆当丫鬟使,还有不养活已失去劳动能力的婆婆……"

"唉!"五婶也伤心地叹了一口气,"春英呀,你亲娘是村妇女主任,你可要争口气,给那些坏媳妇们做个样子。"

"嗯。"春英轻声应着,"上回我回娘家去,俺娘给我谈过这个事……"

俩人走着唠着,西村到了,五婶要下车了。春英拗不过老太太,到五婶的闺女淑云家里坐了坐,喝了一碗鸡蛋茶,还给睡醒的宝宝喂了奶。

又上路了。阴历八月,日红风轻,秋高气爽,天蓝如洗。道路两侧一幅醉人的丰收景象。火红的高粱傲首挺立,雪白的棉花银光灿灿,金色的谷子摇晃着沉重的大脑袋。着不同服色的男女社员,满怀丰收的喜悦忙碌着,歌声、笑声、骡马车的响声交融在一起。春英看着这一切,脚步迈得更大了,心里涌出一种说不出的欢喜。不懂事的宝宝,仰面躺在车子里,瞪着黑莹莹的眼睛,弹动着藕似的小胳膊、小腿,牙牙学语。

"喂,等一等!等一等!"春英越走越快,差不多小跑起来了,忽然左边传来了银铃般地呼唤声。春英刹住脚步回头一看,只见那边的田间小道上仓仓皇皇走来一个穿得十分显眼的年轻媳妇。她怀里抱个半大的孩子,背上驮只大包袱。

"慢一点,大妹子!"春英知道人家要搭顺车,忙放下车子,奔下公路接住孩子。

"大姐,上哪儿?"年轻媳妇呼气带喘。她长得很好看,俊鼻子俊眼的,比春英还在上。

"王屯。"春英笑着回答。

"啊呀,这可凑了大趣了。"年轻媳妇把包袱放在车子上说,"我回俺娘家去。哎,这是您的孩子吗?长得真好看,像皮娃娃似的。"她说着伸出纤细的食指在小宝宝的脸上点了点。小宝宝笑了,两腮上现出两只小酒窝。

春英抽下脖子里的毛巾递过去,热情地说:"大妹子,快擦擦汗吧,看您热的。您娘家是哪村的呀?"

"赵寨。"

"那正好顺路,上车吧。俺姨家也是赵寨哩。"春英把手里半大的孩子放在车上,爽快地说。她还赶路哩。

"大姐,谢谢,俺不坐车,俺不背包袱不抱孩子就轻巧多啦。您姨夫叫啥?"

"叫王坤。"

"啊,认识,认识。"

"哎,我看您还是上车吧,平路嘛!"春英笑着把她往车上推。

"中,那俺更要谢谢您啦!"年轻的媳妇轻盈地跳上车。

车轮又飞速地旋转起来了,胶皮轮胎压在三合土路面上,发现"沙沙"的响声。"三个妇女一台戏",这两个媳妇也并不寂寞。

"大姐,您这是干啥?大热天的,也带孩子?噫,怎大一个红包袱,里头包的啥?"年轻媳妇拍着红包袱,好奇。

"俺去接婆婆。包袱里有石榴和糖包子,取出来给孩子吃吧。"春英头也没回。

"不不,俺孩子不吃。"

"吃吧,吃吧,尝个新鲜。还叫俺停下车来给您取吗?"

"中。"年轻媳妇取出一个裂着嘴的红石榴塞到孩子手里,又问,"您婆婆好吗?"这是媳妇们的口头禅。

"好。"春英甜甜地,"俺婆婆勤俭、朴实、心细、爱做活儿,一天到晚两只小脚不失闲。"

"你们没有矛盾吗?"年轻媳妇神色很诧异。

"有。"春英不会撒谎,她把她和婆婆的矛盾一五一十地说给车上的大妹子听了。她看这妹子的瓜子脸鼻子嘴眼,不是笨人,兴许能再给自己出条帮助婆婆的好方法哩。

"哟!"不想年轻媳妇没有听完春英的话就惊叫起来了,"你婆婆那样难为你,你还对她恁好?"

"噫?"春英瞪大了吃惊的眼睛,"自己对婆婆不好,别人却说太好……"

"嘿,你真憨!"

"啥?"春英糊涂了。

"对婆子娘可不能这样!"年轻媳妇重复道。

"……"春英更加糊涂了。

年轻媳妇嘻嘻笑着,挥动着胳膊,响亮亮地蹦出三个字:"要斗争!"

"要斗争?"春英怀疑自己的耳朵有问题了。

"对,要斗争!"年轻媳妇的脸色严肃了。

"那是老人哪?"

"老人有老思想,才该斗呢!过去她压迫咱媳妇,现在媳妇的地位提高了,不能再受压迫了!"

春英不作声了,这些道理她懂。过去有的婆婆是给媳妇气受。但是现在,有些小年轻媳妇,可是把自己的地位提过了头——反过来压迫婆婆……

年轻媳妇银铃般地说:"你这事要是放在我身上吧,我可跟你不一样!她不给我带孩子,我就把孩子放在当院的槌布石上,离家出走!那是她亲孙子哩,看她能不带?咯咯咯!"

"啊?"春英倒吸了一口凉气,"你说要斗争,就是这样的斗争法呀?"

年轻媳妇接着像自言自语,又像对春英说:"……她要把米面瓦罐屋的钥匙挂到肋巴骨上,我就跟她分家;她要不老老实实给我带孩子、操持家务,叫喊这疼了,那痒了,猪不能喂了,饭不能做了,我就回娘家去!看她做饭不做饭……"

"天哪,天哪!"听着年轻媳妇的话,春英浑身起了鸡皮疙瘩,头发似乎也要竖起来了。

年轻媳妇看不见春英那张已经变了色的脸，仍然兴致勃勃地说："我现在回娘家去，就是俺那婆婆又再叫喊叫她冻着了、发烧了……"

"咯噔！"春英停下了车，"你孩子他爹是谁？"

"哎，你问这干啥？"冷不丁的插话，打断了年轻媳妇的兴致。

"是谁嘛！"春英固执地问。前不久，她姨来串门，说她们村有个坏媳妇，可把春英气坏了！春英觉得这年轻媳妇，很像她姨说的那个坏媳妇。

"俺孩子他爹叫二铁。"年轻媳妇回答了。

"啊，原来你就是鸽子呀！那下车吧，俺不拉你啦！"春英转回头，秀气温和的大眼睛变成了两把利刃……

"大姐，你……"春英突如其来的态度，使年轻媳妇愕然了。

"你下去吧！"一团怒火在春英的心底腾腾燃烧，"俺姨说，你婆婆跟俺妈年岁差不多！你不给她吃，不给她穿，还把她当了环使！她老人家病了，你不在家伺候，反而去住娘家！你还有良心没有啊？"

年轻媳妇被这一连串的炮弹般的话震憯了，坐在车上一动不动，犹如一尊石雕像……

火头上的春英伸手把她的包袱丢在地上，接着又把她的孩子塞到她的怀里，语塞地狠狠地说："房檐滴水照窝淌，你也有孩子，将来你也要做婆婆的！"

……

日正红，风正轻，公路上行人稀少，年轻媳妇拎着包袱，抱着孩子，伫立公路中心，重复着春英的话："房檐滴水照窝淌，你也有孩子，将来你也要做婆婆的！"

……

失败之后

一

故事发生在一九六四年的夏天。

一天晚饭后,红霞如染,轻风拂面。着不同服色的男女种子专家和业余爱好者,三三两两地漫步在白杨耸天的大道上,和细枝婀娜的柳林里。他们一边谈论着自己培育种子的经验和教训,一边注意听着广播喇叭播放的大会录音:

"现在请双清县青年小麦育种者陈水同志发言!陈水同志今年二十七岁,一九五八年高中毕业,返乡参加生产劳动,培育种子已经六个年头了。这六年里,他推广引进了大量的外地优良品种,同时也因陋就简培育出了适应本地区生长的好品种。农大'一八三'就是其中的一个。该品种去年在他们大队试种,亩产八百斤,今年在部分地区推广,长势良好……"

"哗——"掌声雷动,似大海的波涛经久不息。

"'各位领导,各位首长,各位老师'……"

陈水发言了。他的嗓音挺粗,还稍稍有些沙哑……

"砰咚!"突然喇叭里传出异样的声音,可能是撞门声。接着又是一个重重的气急败坏的吼声:"快关掉!快关掉!"

"谁?干嘛呀?"这是小广播员吃惊的尖叫声。

"我就是陈水!快关掉!"大家听见来人急促的喘气声。

年轻的播音员显然有点火了:"好经验还怕宣传吗?"

"快关掉!小刘同志!"陈水的声音在颤抖。

"咔叭!"广播声猝然而止。

"这是怎么回事?"大家你望望我,我望望你,感到十分惊异。

二

一辆通往双清县的长途客车在公路上疾驰。车上坐着陈水,他接到县里电话,得知"一八三"号小麦新品种在兄弟大队种植失败的消息后,匆匆告别新结识的伙伴和老师们就急急忙忙赶路了。陈水这时候心情真是烦乱透了!偏偏身旁又遇着个多嘴的老汉。

"哪村的?"这老汉跟他搭话了。

"小陈庄的。"陈水不耐烦地回答。

"你是小陈庄的?哪个小陈庄?"陈水的话倒引起了他前边位置上一位乘客的注意。这位乘客是中年人,瘦削脸,毛发略显灰色,一身土布衣裳,肩上搭着一条中间开口的肩搭。

"就是南坡公社那个小陈庄。"陈水的声音更小。

"你们庄上有个叫陈水的人吗?"中年人的身子扭了一百八十度,和陈水打着照面。他的眼睛很刺人,像喝醉了酒一般。

"谁?陈水?"陈水一怔,撒了谎:"有,不过不是一个生产队的。"

中年人从牙缝里挤出几个字:"陈水这小子,我恨他!小老乡,你瞧瞧这麦穗吧!"

陈水一听倒吸了一口凉气,接过麦穗,捏了捏,掂了掂分量,又熟练地抠下一粒麦籽一看,"轰——"他的身上出汗了,脑袋胀大了——这青干了的麦子正是他精心培育的"一八三"号啊!

周围的人也都伸过头来看,陈水身边的中年汉子捡过麦穗放在手心揉了揉,吹掉麦皮,仔细端详了一会儿,然后长长地叹了一口气,把脸转向一边,他好像不忍心看这瘦骨嶙峋的瞎麦粒。

"大叔,您别,别……"他想劝劝老人,同时承认自己就是陈水,并向他检讨赔罪,但是他太难过了,他找不到适当的词语。

"啊呀,我的小老乡!我是生产队长,我是去县上汇报情况回来的。俺队去年种了一百亩这种麦子,现在都倒伏了,青干了!我那一百多口人,今年喝西北风啊!"

三

陈水的脸红了,直红到脖子里,浑身上下火烧火燎的。下了汽车,陈水像个醉汉一样跟跟跄跄地回到家里。"小兰她妈,小兰她妈!饭!饭!"他含糊不清地嚷着。然而屋里静悄悄的,原先铮亮的桌子,现在落上了厚厚的一层灰,原先干净的地板,现在满是纸屑、破布、烂鞋;原先整洁的床铺,现在乱七八糟:衣服被子堆在一起,旁边还有一只大包袱……"怎么回事?"他脑际里闪过一个可怕的念头。向里屋跑去,一掀门帘,他愣住:妻子在哩,她坐在床上垂着头,黑黑的头发披散着,遮着她的脸。怀里是熟睡的小兰,"你怎么啦?"陈水心悸未定。妻子慢慢地抬起头,把散在前边的头发掠到耳后,露出她那微胖的、周正的脸,和一双哭得红肿的眼睛:"你回来了,坐吧!"她用比蚂蚁还细小的声音说。

"到底发生了什么事?"陈水抓住妻子的胳膊。

妻子掰开他的手,低声而平静地说:"小兰她爹,我想了很久了,咱们还是分开吧!"

"什么,你说什么?"妻子的话像一盆凉水浇到陈水的身上。

"你还是让我走吧!"

"你——"陈水明白了,他一屁股坐在床上,呼呼地喘着粗气。他与妻子是有矛盾的,并且这矛盾不是一两天了。矛盾的根本原因是妻子嫌他不顾家。为这,他们多次怄气。前几个月妻子曾赌气住到了娘家不回来。

"你不能走!"陈水瓮声瓮气地说。

"不,我在这儿一天也住不下去了!"

妻子仍然小声而又平静地说:"你放心吧,我回到娘家去会安分守己过日子,也不会虐待小兰的!不过有一条:咱俩是彻底分离了,你以后也不要往那里去。我不是你的媳妇,你也不是我的丈夫了。"

"啊!你要离婚?"陈水的头发竖起来。

"嗯。"小兰她妈呜咽起来,"不过是暗离明不离,我背不起那离婚的名誉啊,啊……"

陈水对他的妻子还是相当有感情的,虽然他的妻子从小受中农家庭的影响,思想有些不大开展,不支持他的工作,但她在过日子上还确是一把好手,勤俭、朴实、手脚勤快,家务活安排地有条有理。再说自己父母早亡,又无兄弟姐妹,家里实在离不开她呀!前几个月她住娘家,陈水是多么地作难啊——出门一把锁,进门一把火!还有,喂猪、喂鸡,打水扫地,磨面推米,洗衣补裤,给育种站的工作实在带来不少困难啊!

"你不能走!"陈水低声说。

妻子一动不动,苍白的脸像大理石雕像一般。

"你不走不行吗?"陈水站起来走到妻子的身边,推着妻子的肩头。他哀求了。

妻子突然转回头,狠狠地说:"我过门三年了,我问你,你挑过多少担水?你磨过多少次面?你拉过多少次煤?你抱过多少次孩子?你在家度过多少个囫囵天?你看左邻右舍哪一个像你,孩子老婆都不要,开口育种站,闭口育种站,只要你的那个育种站,育种站……"妻子越说越伤心。

　　妻子说的都是事实,陈水愧心地承认:"这些年来我只顾忙忙碌碌地工作,是对你照顾不周啊。"

　　"还有,"妻子抹着眼泪,"咱们家大小三张嘴吃饭,自留地你不种,我种了你又不收!家里的茅粪你不往自留地担,也不交到生产队里换工分,你背着我偷偷往育种站实验田里担!你大公无私,你共产主义!"妻子喘口气,"吵也好,闹也好,我都忍气吞声过来了,你不要给咱丢人现眼也算呀!可是你看看你的'一八三'小麦!你不怕丢脸,我可受不了啊。我不能跟着你挨骂去!"

　　"挨骂?"陈水想起了汽车上的事,长长地叹了一口气,无限同情地说,"小兰她妈,我知道你的苦处。"

　　"知道了就应该叫我走!"妻子说着站起来向外屋走去。她是铁了心肠要走的。自从麦子倒伏青干以后,白眼、奚落、咒骂,铺天盖地而来,她已有三天没出门了。

　　"你不能走!"陈水撵出来夺过妻子怀里的孩子。小兰醒了,陈水把小兰那凉苏苏的胖脸贴在自己滚烫的脸颊上。

　　妻子站住了,她的心软了,眼圈一潮,哭了。结婚三年她第一次看到丈夫如此伤心哪!她仰起头望着丈夫的难看的脸色,抽泣着说:"不走可以,但有一个要求……"

　　"什么要求?"

　　"你离开育种站回家来,咱们安分守己地过日子!"

　　陈水浑身一激灵:"那你……走吧!走吧!"

　　"你——"妻子从陈水怀里夺过孩子,跌跌撞撞出门,走了。

四

当一个人迷上了自己的事业的时候,他对个人生活、和睦家庭、人身安危都淡漠了。在街上别人骂他,他一笑置之,第二天他才想:你为啥骂我呀?甚至,刚刚发生过的夫妻纠纷,也很快就丢在脑后了。陈水正是这样。妻子女儿走了,他想到了育种站。他顿觉平静了许多:"走了也好,以后我会把你请回来的。现在我先到育种站去住!"他自言自语地说着来到屋里,从馍篮里抓出花卷馍,从窗台上端过咸菜碗,蹲在门槛上,一口冷花卷一口咸菜,狼吞虎咽地吃起来,他确实饿了。他吃完了,又到厨房里舀了两碗冷水咕咚咕咚地灌进肚里,然后大踏步向育种站走去。

"哎,怎么不见人呢?"陈水冲进育种站。

"水哥,你回来啦?"实验室门外的台阶上并排坐着三个小伙伴。

"哎,咋啦?你们都哑了吗?"陈水发现他们的情绪不对。"你们说话呀!"他的心缩成一团了。

"哇——"文静的淑兰突然哭了,"水哥,人家把咱育种站解散了!"

"什么?你说什么?"陈水不相信自己的耳朵。

"大队长把咱育种站解散了!"

"啊!?大队长把咱育种站解散了?"一霎时陈水只觉得眼冒金星天旋地转,他支持不住了。过了好半天,陈水才清醒过来,他推开搀扶自己的满脸泪水的小伙伴们,强装笑脸说:"大队长不支持咱们工作不是一半天了,要解散育种站的建议他早提过!但是支书大叔支持咱!走,咱们找他去!"

五

皎月当空,树影错落。陈水徘徊在自家的小院落里。已经是夜半十二点了,各家各户都熄灯了,陈水还在院落里想几个小时前和老支书的谈话,和大队长的一场舌战,想自成立育种站以来,几经波折,有失败也有成功,但总的来说失败的次数多。培育出良种全国推广大幅度增产是不容易,但从来没有像这次失败得这么惨!从前挨过骂,和人闹过矛盾,但没有闹到今天这种田地!大队长吓唬过几回,但这一次他终于把育种站解散了!还有,妻子也抱着女儿离开自己了,还不准去找她——暗离明不离……

"唉!算咧!不搞了!天天和社员们一起下地劳动不也挺痛快吗?何必自找苦吃呢?"

"唉!算咧!不搞了!省得挨咒骂,也能和小兰她妈过过舒心的日子!"

他下定决心不搞了,他要到屋里睡觉了!但是,当他的一只脚踏过门槛的时候,他又停住了:"我不愿虚度年华。我要以自己的热血和生命去为党的事业,为科学种田做出一番贡献来!"几年前他立下的宏伟抱负这时又在耳畔响起……

"搞!一定要搞下去!"他又转回身坐在院中间的石墩上。

"耻辱,痛苦,没有条件,这算不了什么?"他用拳头砸着自己的膝盖,"这比鲁迅在白色恐怖下战斗,保尔跃马扬刀出入于枪林弹雨之中,马克思在伦敦图书馆著《资本论》时好多啦!"

想到了马克思,他就想起了马克思的一句名言:"在科学的大道上,没有什么平坦的大路可走,只有那些不畏艰险,沿着陡峭山路攀登的人,才有可能达到光辉的顶点。"

"啊！讲得好哇！讲得好哇！"他突然大声嚷起来。

"我这一点儿困难能算什么艰险？我真是个懦夫！"他像疯了一样冲出大门！他要把他的想法告诉支部书记，告诉伙伴们！

但是，他冲到街心，突然愣住了：月色下，他的三个小伙伴簇拥着老支书和"执行上党支部决定，保留自己意见"的村长向这边走来。村长的肩上扛着"育种站"的大牌子……

老倔头

革命的生涯,就是如此有趣。当了八年兵,刚刚脱下军装。党把俺大队支部书记这副沉重的担子又放在我肩上。出了公社党委大门,我背着背包,掂着网兜,思考着回村迫切需要解决的一个问题:老林业队长因需要调到社办工厂去了,需要找一个合适的人接替他的工作。找谁呢?对于我这个离开家乡八年的人,不得不说是一个严肃的课题啊!初春,红彤彤的太阳挂在东方天幕上,气温升高,大地开冻,腾着一层水蒙蒙的透明的雾气。道路两侧绿油油的小麦叶上挂着晶莹闪亮的露水珠,对虎粗的白毛杨、泡桐在似乎还有些刺脸的晨风中抖动。林业,在我们这有风沙的地方,它是庄稼的卫兵。没有树木做屏障,长得怪好的庄稼,一场风沙过后就完蛋了。"大海哥!"突然身后传来一声清脆的呼唤。我一扭头,是淑英,我初中时的同学,现在的大队会计!她是到农业学大寨工地上计算工程进度回来的。她接过我的网兜,我俩并排走着。我瞥一眼淑英,心里想道:农村就是锻炼人哪,几年前她还是走路一蹦三跳的小喜鹊,如今变得多么老练稳健!谈话中,我有意询问她对林业队的意见,广泛征求群众意见,对于我这个刚上任的新官来说是十二分必要的。

"淑英,你说说,老林业队长调走了,下边还有谁可以挑起这副担子?"

她眨巴眨巴眼睛爽快地说:"李正发!"

"谁?"俺村的人大都姓李,一般按辈称呼,"几叔""几伯"……真名的挺少,我离家几年了,记不清李正发是谁。

淑英翻了我一眼,讥诮地说:"哼,看你这个书记咋当的? 李正发就是老倔头,怎也忘了?"

"老倔头?"哦,我想起来了:高高的个儿,背有些驼,住在村东头,老两口,没有儿子,排行老三。不爱言语,也不爱笑,脾气特别古怪,每天总是紧闭着嘴唇,锁着双眉,给人的印象是"冷若冰霜"。所以,大家都叫他老倔头。我在林队的时候,从感情上不怎么喜欢他。

淑英看出我的心思,解释道:"这人是只暖水瓶子,外边凉里边热,乍一接触印象不好,觉得他挺古怪,其实时间长了,你会发现他是一位非常好的老人……"

在部队已经养成了习惯,别人说话的时候我一般不插言。我看着淑英,意思是让她继续说下去。

淑英略喘了一口气,冲我笑笑说:"刚接会计的时候,我还非常怕他。从早到晚板着脸,样子又那么凶,好像别人欠他二升黑豆钱! 有一回,在开会回来的路上,我一边走一边数着新栽的泡桐树,心里甜蜜蜜的。数到一棵特别好看的泡桐树前,我站住了,情不自禁伸出手来摇一摇,看扎根了没有。

'喂,谁家的小闺女? 手痒啦?'突如其来的声音把我吓了一大跳。我一扭头,是老倔头来了,他铁青着脸,'三爷,是我……'他没等我解释完,拦腰截住:'你,都当干部了,还不知道这个! 新栽的树能晃吗?'一阵劈头盖脸教训,我暗自叫苦:哎呀,今儿个可撞上黑煞神了……"

"真倔!"我听着听着扑哧笑了。当初他给我的印象不也是这样吗? "那后来你咋改变了对他的印象?"我催着淑英继续说。

淑英把网兜换到右手上,挽起袖子擦擦额上的汗水,淡淡笑,接着说:"是一件件,一桩桩事实把我教育过来的。"下边她给我讲了一件前不久发生的事:村里有个富裕中农叫宝升,有病刚好,干不动活儿,但爱占便宜,发家的思想又使他在床上躺不住。每天牵上自家的大绵羊,哼呀嗨呀在地游转,天黑无人的时候,就偷着放一阵队里的青苗。生产队长说了他几次,他都不听,一脖子磬筋!可是前天却遇上了敌手。天快晌午了,他在地里转累了,就把羊拴在林带边沿的小树上,自己躺在地上晒太阳。这时,老倔头在那边松土,自从林带的树长起来以后,他就自告奋勇管它。干了一会儿,他抬起头,捶捶腰,旧社会扛大活留下了腰疼病。忽然发现林带旁边有个小白点,上岁数了,眼睛不好使了,他没认出是羊。但凭他的记忆这儿没有白点,就扛着锄头不放心地走过来。走近了,当他看清这白点是只大绵羊时,顿时火冒三丈,三步并做两步奔过来,解下拴在树上的缰绳就往村里拉。林业队有个制度,这制度是根据上级精神结合群众意见制定的:牲口把式撞坏树罚款一元;羊把式把羊放进林区罚款二元;社员群众非公损坏树罚款三元。他现在准备把羊送到大队,将来要宝升去领。生人牵羊羊不走,"咩咩"的叫声惊醒了已经入梦的宝升,他吃力地爬起来,揉着发酸的眼睛,说:"老倔头,你要干啥?"

对这种人,老倔头心里有一定之规:非钱不能触及痛处。他睬也不睬,只管牵着羊往前走。

宝升急了,跟跟跄跄追上来,气急败坏地喊:"老倔头,你站住!这是我的羊!"

老倔头转过身,两眼射出剑一般的光,足足把宝升看了几分钟,才冷冷地说:"是你的羊,那回家取钱吧!"宝升是落地一分钱也要沾起四两土的自私鬼,现在要他掏二元钱,这不是割他胳膊上的肉吗!他截住老倔头,从怀掏出一支烟,满脸堆着笑说:"三哥,来,咱弟兄俩坐下拉呱拉呱!"

"哼!"老倔头用鼻子哼了一声,转身就走了。

两元钱呀,宝升岂能罢休!他跟在老倔头的屁股后头,左一句甜言,右一句蜜语。然而老倔头好像没听见一样。晌午了,社员们都下工了,他俩像演戏一样,很快招来一大群人。既然事情已经公开了,宝升知道再哀求也无用了,只把好气变作恶气冲着老倔头放开了:

"老倔头,你一点儿人情都没有,下辈子还准备再当绝户头!"

老倔头的身子颤抖了一下。宝升是在揭他的短处哇!他老伴在解放前生过几个孩子,但因生活苦,有的饿死了,有的病死了,只留下一个闺女。他转回头用极低的声音说:"我绝户头没啥,只要队里的树长成材,心里就痛快!"

这时,围上来的群众听不服了,七嘴八舌地指责着宝升。老倔头牵着羊冲出人群,反转身盯住宝升:"怎么,不想按制度办事么?"

宝升也是村里的老理筋,可是现在他的威风不知哪里去了,耷拉着脑袋应声喏喏:"按……"

淑英说到这儿,掠一掠额前的短发,看着我颇动感情地说:"大海哥,经常遇上这样的事,你能不改变对他的印象吗?"

我不由自主地点着头:"不光要改变印象,而且还要向他学习呢!"

"那,我提议,这林队的担子交给他。"

我没有表态……

我退伍回来了,并且担任了大队的党支部书记,全家人都很高兴,特别是爹,竟像年轻了几岁,在院子里小声哼起豫西梆子。吃过晚饭,爹把全家人集合在一起,郑重其事地对我说:"你在部队上是个副排长,回来领导一个大队,千把口人的担子搁在你肩上不轻啊!咱家三朝四代都是穷苦人,如今你做了领导,可要领着大伙儿,扎扎实实走社会主义的路,把咱村的面貌好好变一变!我,你娘,你哥,你嫂,决不拉你的后腿,给你脸上抹灰!"我很满意,有这样的家庭,能不好好工作吗?可是,没隔上一天,爹的情绪突然一反常态。他原在改土专业队上,开春抽出来送粪型地。这天,他过晌回来,坐在院子里的碾布石上,一袋烟接着一袋抽,而且脸色异常痛苦,又香又白的米饭都吃不下去。爹生谁的气呢?我问哥嫂,哥嫂摇头,问娘,娘也说不知。只有小侄儿含糊不清地告诉我:"爷半晌回来了一回。"很明显,是外边的人惹爹生气了。爹是个刚强的人,在解放前因抗租,地主的鞭子抽得他身上淌血,他都没掉过泪,今天为啥这样伤心?我苦苦琢磨着。

歇晌后,爹又套车了,下午正好跟车的有事,我征求队长的同意,顶了这个差。路上,爹的气还没消呢,我就主动给他讲一些祖国社会主义建设的大好形势,几趟之后,爹的思想开朗了,开始给我说一些村里的事。于是,我话题一转:"爹,上午您跟谁怄气?"

爹的脸色难看起来,霜白的胡子微微颤抖着。他狠垛垛地说:"跟谁?跟我自己!"

我吃惊地看着爹……

到了地里,爹叹了一口气,小声嘟囔着:"我杀才呀,我没有给你作脸,你才回来两天,我就给你办了一件丢人败兴的事!"

我莫明其妙,轻声问:"爹,您办啥错事啦?"

爹不回答我的话,三下两下扒完车上的粪,往车辕板上一坐,赶着牲口出了地,他来到路沿的防风林带旁,突然跳下车,呆呆地站在一棵小树旁不动了。莫非这棵小树上有啥秘密?我也跟着跳下来,仔细一瞧,噢,原来这棵树上,有一块新撞的伤痕,上边涂着泥巴。爹用手摸着那已经晒干了的伤痕,无限痛楚地说:"这是我上午躲车不小心撞破的。"我松了一口气,不以为然地说:"碰破一层皮,生那大气干啥?以后谨慎些就是了呗!"爹摇摇头:"话不能这样说,这也是咱队里的东西。可是……"多因迟疑了一下,突然仰起头说:"实话告诉你吧,今儿个我不光生自己的气,还生你三叔的气呢!"

"生他啥气呢?"

"他,哼!今响硬是叫我过不去!"爹的脸上出现了愤怒的神色,他指着小树说:"喏,我擦掉一块树皮,是我心眼发黑诚心跟集体捣蛋吗?你不知道,当时我多后悔呀!回去的路上,我碰到你三叔,马上向他承认错误,并答应按制度办事。他瞪了我一眼,没有说话,一倔一倔向北边跑去。半响,我赶着车又来了,他伸手拦住牲口,叫我写检查。我一怔,把钱递过去,说:老三,你林业上有制度,撞坏树罚钱,我给钱就是,你为啥叫我写检查?他走到我面前阴沉着脸,直愣愣地说:哥,你以为罚钱是林业队的目的吗?集体不差你那几个钱。哎呀,我的心里咚咚跳起来,这一写检查全村人不就都知道了,昨天我还向你打保证,今天就丢脸?但是,我知道你三叔说一不二的脾气,只好对他摊出了我心里话:'老三,咱海刚当支书,你就叫我丢人!这,这……'他扬起巴掌照我的肩胛用力一推,一字一句地说:'把底儿交给你吧,今儿个叫你写检查,就有这个意思。你以为当了干部家属就可以特殊一点吗?不中!干部家属全村人都看着你们,你们的一举一动影响极大!因此,在我这儿,越是干部家属越要严!'"

听着爹那忿忿的述说,我的心里翻腾着,我不是同情爹,而是被老倔头那铁面无私的思想品质深深感动了"在我这儿,越是干部家属越要严!"这话说得多么有分量啊,没有一定的思想境界能够说得出吗?收工回去的路上,我大力赞扬老倔头的做法,含蓄地指出爹的思想是错误的。开始他听不进去,后来还是慢慢听进去了。不过,当我拐弯抹角提出有人想让老倔头接林业队长时,他的态度很暧昧。肚子里仍然有气呀!

我说:"爹,您不该生三叔的气,您应该为他这种做法而高兴。"

爹气鼓鼓地说:"你要不当支书,我就不生他的气。撞坏树,写检查,我担得起!可是现在,他不但跟我过不去,恐怕还有冲着你的意思呢!"

我呵呵笑了:"爹,为了维护集体利益,他敢于冲着我,正说明他没有私心!"

爹不言语了。

我想,一时半刻打通爹的思想不容易,还是让事实慢慢教育他吧!

通过这件事,我对老倔头的印象又深了一步。虽然我没看到他现在怎么样,但他那对工作极端认真负责的态度,已经在我脑子里扎根了。我觉得这样的人,当一个林业队长还是可以的。

上午和各生产队的干部沿着全大队的地走了一遍,制定了一个下阶段农业学大寨的初步方案,下午要到工地上征求群众对此方案的意见,我打算顺便摸一摸老倔头的心,只听别人讲,自己没有亲身感受,毕竟心里不踏实啊!

午饭后,我扛一把铁锹出村了。此刻,天空没有一丝云彩,一轮火红的日头当空照着,是一个难得的明媚的春日。

走出护村堰,北地豁然展现在我面前:鲜艳的学大寨红旗,翠绿的小麦地,黄褐色的防风林带……织成了一幅美丽的挂图。啊,多好看呀!尤其那防风林带在中间显得特别惹眼壮观。瞧,由东到西弯弯曲曲、逶逶迤迤,两丈宽、一丈多高,简直像嘉峪关至三海关的万里长城一般。

我顺着防风林带兴致勃勃地走着,树已经普遍长到二十来公分粗了,既密集又整齐,无论从哪个方向看都成行。成果验人心,这粗壮的树木上凝结着老倔头的多少心血啊!要使全大队已经植上的和正在规划的各条林带都成这样,学大寨、建设大寨式的大队就有保证啦!走着想着,不知不觉到了林带的尽头。我心里不由打了个沉:哎,老倔头呢?别人告我说他中午饭都要老伴送到地里,今天莫非回家啦?

这当儿,一个骑自行车的年轻人,从集镇方向像箭一样飞过来。这种骑英雄车的人,十有八九要吃亏的,我正欲提醒他。"嘎!"他已结结实实摔在林带旁边了:人和车子两分家,车子把林带边沿的一棵小树撞歪了,车后架上的竹篮滚出丈把远。我准备跑去扶他,忽然从林带里闪出一位老头,他高个儿,背微驼。上身穿着兰夹袄,下身是黑粗布棉裤。头上罩了一块白手巾,腰里系着一根线腰带。胡子花白,脸色庄重严峻。这不是老倔头吗? 和八年前相比,他老了,但精神却十分抖擞。我刹住了脚步,又多了个心眼:人说他坚持原则,现在小青年把树撞歪了,正好给我一个看看的机会。于是,我轻手轻脚躲进树林里,顺着树间的缝隙往外看。

这时,老倔头生气地把那小青年扶起来,拍打着身上的土,也不问问人家磕着了没有,就大声斥责起来:"骑车不看路,眼睛长到屁股上去了?"

这位小青年方脸大眼,戴着一顶洗得发白的军帽,眉宇间有一个明显的黑痣。我觉得非常面熟,但记不起在哪里见过。只见他揉着胳膊肘红着脸说:"家里叫匠人修灶房,俺妈叫我买点肉,等着用哩!"

老倔头扭头看看撞坏的树又吼起来:"小伙子不吃十年闲饭,你今年多大啦? 还毛毛躁躁的! 快把车子弄起来!"

小青年点头说是,老倔头转身走到树旁。这原是棵挺拔小杨树,现在像一个八十老妪,弯着腰十分难看。皮擦掉了一大块,杆已经裂了,露出白生生的木质部分。老倔头从地上抓起一把土,涂在没有树皮的地方,然后慢慢地轻轻地试验着,想把树扶起来。扶的时候他的手直抖,胡子也不住地颤动,两道浓眉蹙成疙瘩,是心疼啊! 杨树不像泡桐那么脆,它的木本有韧性,一会儿老倔头终于把它扶起来了。可是手不能松,一松又歪下去了,小杨树已经没有能力支撑自己的身体了。"要夹固!"老倔头直起腰来,转着身子四处寻找着夹固的东西,他手下没有现成的绳子和木屑。这时那个小青年走过来了,他叫道:"外爷,我的车子把歪了!"

老倔头不耐烦地摆摆手:"等会儿!"

"噢,这是南街他外甥小柱,"我暗暗自语,"怪不得面熟呢,我在家的时候,他还拖着清鼻涕呢!"加上这层亲戚关系,这场戏更好看啦!

老倔头找不着绳子,他外甥也没有。他蹉跎了一会儿,在自己的周身又摸起来,左兜没有,右兜也没有,他急躁地搓着衣服。"噫,这也中啊!"忽然,他的眼睛停在线腰带上不动了,脸上露出一丝使人难以觉察到的微笑……

"外爷,这还是新的呀,我姥姥花了半天时间给你织的!"小柱看到老倔头解腰带,吃惊地叫起来。

"你懂啥?"老倔头扭回头厉声命令着,"快截下一段儿。"

"我,我回家给你取绳。"小柱站着不动。

"还磨蹭啥呀?"老倔头的声音更大了,"这树能防风沙,保证咱多打粮,多交粮,支援社会主义建设!我这腰带能干个啥,唵?"

看着这一切,我的心里热乎乎的,这是一位什么样的老人啊!他把自己平凡的工作和我们伟大的社会主义革命与社会主义建设紧紧联系在一起了!

老倔头夹固了树,又给小柱修好车子,擦着额上的汗水对小柱说:"时间不早了,快走吧!"

小青年骑车回村了,老倔头站在路边长长地舒了一口气。这时,我的心里却堵了一块砖头:小柱撞坏树,他咋没处理呢?

夜里,我处理完一些杂事,离开大队回家时,脑子里又想起这件事。

对别人那么严格，对自己的亲戚他会徇私情吗？

夜深了，街上非常静，做了一天活的人们差不多都进入梦乡了。我一边走一边想着，得不出个所以然来。路过老倔头家门口的时候，我忽然发现他家的门虚掩着，院里有微弱的电灯光线，并且不时地从门缝里飘出"嘟嘟"的话语声。我站住了，出于迫切需要了解老倔头的心理，我轻轻地推开门走了进去。这是一所农村常见的四合院，两厢房黑咚咚的，唯有后上房亮着电灯，可能是老倔头的卧室。我透过玻璃窗清晰地看到，老倔头戴着花镜，坐在床上，絮絮叨叨地说着什么，小柱伏在桌子上，双手端着下巴，闪着两只黑白分明的大眼睛仔细地听着。我走到窗户前，只听老倔头说："小柱，我说了这些，你听懂了没有？"

小柱红着脸回答说："有些懂了，有些没懂。我撞坏树，回来就按制度把钱交给淑英姐了，你还要我挖思想根源。当时，我真不是故意的哇！"

老倔头的目光停在小柱脸上，低声而又严厉地说："不要强调别的，最根本的还是你心里头不重视！要树是你的眼珠，你还在他面前骑英雄车吗？"

小柱垂下了眼皮，两手在脑袋上揪起来。

哦，我心里的砖头不翼而飞了，小柱撞坏树，他不但处理，而且还彻底地处理呢！

我继续观看，这时老倔头已经站起来了，他走到桌子旁，对小柱无限深情地说："你呀，以后可要加强学习，无论办啥事都要用共产主义的尺子比画比画。你知道吗？你撞坏的小杨树现在虽小，但长大了可以盖咱们的共产主义大房子啊！"

"说得好！"我心里默默赞叹着。

小柱不由自主放下了手，抬起了头，明澈的眼眶里溢出了泪花："外爷,我懂了。"看到这儿,我再也看不下去了。啊,这是多么闪光的共产主义思想! 多么可敬的老贫农! 植树造林需要这种人! 搞社会主义需要这种人! 我"咣"地推开门闯了进去,紧紧抓住老倔头的手,激动地说:"三叔,老林业队长调走了,您……接替他的工作吧!"

"我?"老倔头一惊,继而皱纹环镶的眼眶里放出明亮的光泽。他慢慢地攥起了右手:"中!"

来自乌苏里江的老人

白天开完追悼会,我清楚地记得我是拖着沉重的步子,一步一步地往营区里走,可不知为什么,我又来到了烈士——钢铁连连长冯国强同志的墓前。

夜色苍茫了。漫山的松林被风吹得飒飒做响。我脱下帽子虔诚地再次默哀:"冯国强,我的好同志!冯国强,人民军队的好儿子!你醒一醒吧,你站起来吧!让我们再叙一叙战友之情吧!"

可是,我又深知:冯国强,这位彪悍勇猛的钢铁连连长,不能够再醒过来了,他为空军"二八三"基地的建设,为抢救十几个阶级兄弟的生命,已献出了自己一颗红心,已流尽了最后一滴血……

风大了,墓两侧数不清的花环、纸带,在我面前飞舞摆动,泪顺着我那麻木的腮帮淌下来,淌进嘴里,滴在胸前……

我的神思恍惚了,我的双眼发直了。

此刻,我仿佛觉得,我是空军工程兵的接兵连连长,来到了我国东北边境——乌苏里江畔。一天夜里,我刚写完日记,一位五大三粗、黑不溜秋的青年闯进我的卧室:"首长,咱去当兵你要不要?"

此刻,我又仿佛觉得,那是八年后的一次庆功会上,身为营长的我,亲自宣布了军总、军首长的决定:冯国强同志为二等功臣,他所带的在施工中无坚不摧的工兵一连为"钢铁连"!

此刻,我仿佛觉得,我又回到了昨天的工地。山坡上,冯国强同志咬着牙、瞪着眼,用肩膀顶着一块因放炮松动而摇摇欲坠的大石块。四周一片惊呼:"连长,快闪开!"

但他怎么能够闪开呢?

山坡下,作业面上,十几位战士还没撤出呢!

……

"突突!突突!"一辆摩托车由远而近飞驰而来:"报告团长,冯连长的爷爷来啦!"

"什么?!"好似晴空一道霹雳,正在痴想的我猛地回过头。

"冯连长的爷爷来啦!"胖乎乎的通讯员翕动着发抖的嘴唇。

"什么?"我明明已经听明白了,但又神经质地追问了一句。

"冯连长的爷爷来啦!"

……

团党委开了紧急会议。我们决定:将此噩耗暂时不告诉冯国强烈士的爷爷。老人已经七十八岁了,怎能经得起这样的打击!等老人走了之后,再专程派人到东北和地方政府一道做善后工作。最起码先让烈士的父母知道,再让老人知道……

晚饭后,我和政委一道来招待所看望老人。老人满头白发,精神矍铄:"哈哈哈!哈哈哈!"他抓住我的两臂连连地摇晃着,大笑着。我和老人也算是老熟人了,接他孙子入伍的时候认识的。之后他来过两次部队,给战士们作过报告,到我家里做过客。

问过了老人的身体及全家的情况,问过了家乡落实农业政策和社员们的生活情况。老人转身拉开了大提包,捧出一样又一样的东北特产:"这是松籽,这是大瓜子,这是榛子,你们吃!吃!"老人一边说一边抓着往我们手里塞……"噢!"老人又笑了,说:"还有这一样呢!"他连忙又打开一只塑料袋,自豪地说:"看,大虾米,小半尺长,乌苏里江的……"

坐在床上,我和政委没滋没味嚼着老人带来的东北特产,尴尬地搜肠刮肚地想着话与老人酬答。老人今天格外高兴,他一边捋着雪白的胡子,一边大声说:"俺今年七十八岁了,年初的时候,心口病又犯了一回,俺想阎王爷要请我过去了,得赶紧再来见孙子一面。尽管他爹他娘不让我来,俺还是来了!我要告诉国强,要好好干,要练出一身本事……"

"王团长、李政委,听说咱们这个工程是很重要的国防工程?"

"呵呵,是是。"我和政委相视一眼,小心谨慎地回答。

"要是很重要的国防工程,你们要抓紧修啊!赶紧把咱们的篱笆扎紧了,赶紧把咱们的长城弄结实了……"

"呵呵,是是。"我俩回答。

"哎!"老人突然转向我,眼睛一闪:"俺那孙子怎么还不来见俺?是不是还没有下班呀?"

"呵……"我心里一阵慌乱,躲开了老人的目光。老人又开始说起了他的孙子:"俺家国强像牛一样壮,干活是把好手,就是脾气有些赖,你们可要多管教他呀!连长带百多号人,像村里的生产队长一样,脾气赖可不成!"

"呵呵,是是。"政委机械地点着头。

"这不,俺还给他带来不少东西哩!"老人又转向我哈哈笑了。接着,他从提包里一样又一样的往外拿:"这是皮背心,是他娘做的,说是在山里做活怕潮着腰;这是双皮袜子,是东院他二婶缝的,俺说不带吧,她说这是一点心意;这个大红皮笔记本,是他妹妹得的"五好"民兵奖,说是送给哥哥要换回一张立功喜报;这驼毛围巾和这封信是他的未婚妻秀娥托我带来的,信皮还粘住呢,哈哈,怕俺这当爷爷的知道他们的悄悄话,是不?"

老人越说越兴奋,满脸带着欢笑。可我的心越来越难受!我看着这桌子上的一件件礼物,我的心碎了,我的热泪又遏止不住地涌出来:国强,我的好同志!国强,我的好战友!为着你的爷爷、妈妈、妹妹、未婚妻,你快回来吧,回来和我们共同战斗吧!

"咳咳!"比我大几岁的政委,连着咳嗽几声,并且狠狠地踩了一下我的脚。

我清醒了,佯装打呵欠,迅速抹去脸上的泪。

"老人家,喝茶!喝茶!抽烟!抽烟!"政委用颤抖的声音吸引过老人的注意力,和老人断断续续地攀谈……

天南扯到海北,海北扯到天南……

"轰隆隆!"下班的炮声响了。老人又转向我:"俺那孙子该回来了吧?"显然,老人是急切地想见到他的亲孙子啊!

我又慌了。

政委的脚又踩在我的脚上。

我站起来搓着手,把脸扭到一边,笨拙地说:"老人家,不巧!你家国强出差去了。"

"啊——"老人的眼睛一扑闪。

为了不使老人疑心,使他愉快地度过在部队的时间,我们煞费心机地安排老人参加一些活动。同时我也搬到招待所,以老熟人的身份陪伴他。这几天,我们先后安排老人看节目、看电影、参观工程、参观附近的工农业先进单位。还邀请老人给战士们讲课。对于我们的邀请,前者老人答应了,后者老人犹豫了。不讲就不讲吧,只要他老人家过得舒心就成!这天我和政委商量完工作,来找老人,准备领他到百里以外的一个风景秀丽的小城市参观。来到招待所,"咦,老人哩?"一个来队家属告诉我,老爷子一大早就出去了。"哪个方向?"我问。来队家属连忙朝东边有松林的那个山包上一指。"啊!"我的头发竖起来了。我转身推出一辆自行车,向那小山包奔去。

快些！再快些！本来已经够快了，但我还在加劲蹬。那个山包上有他孙子的坟墓，要是他看到了……我简直不敢想下去了！

"王团长，出了啥事，您这么慌？"我奔到山脚下，放下车子，正准备往山上爬，只见老人沉稳地一步一步走下山来。

"啊呀，谢天谢地！"我心里一块石头落了地。

参观完风景秀丽的小城市回来，我很累、很想睡，但我又睡不着。虽然我相信老人在松林里没有看到他孙子的坟墓，但今天的现象却又使我感到反常：我领他逛商店，橱窗里五颜六色的货物，他似乎不大注意；我陪他看一场新电影，往日看到精彩处，他总是发出朗朗的笑声，今天却没有，甚至还把脑袋顶在前边的椅背上；我领他逛公园，他没有多大兴趣；在我买东西返回时，隐约发现他在假山旁边抹泪……"莫非老人家看到孙子的坟墓？或是听到孙子牺牲的消息啦？"我的头皮一阵发麻，但转念之间我又否认了——孙子是他的亲人，他得知孙子牺牲焉能不悲痛欲绝？睡不着，我干脆爬起来。我发现老人的屋里也亮灯。我怀着好奇心，轻轻地轻轻地推门。啊，屋子里烟雾腾腾。老人坐在床上大口大口地抽烟。

"老人家……"我的心缩成一团："噩耗他知道无疑！"我脑子里迅速闪这一判断。我的浑身颤抖了，我扑进去握住老人那青筋隆起的手……

"哎，王团长，您怎么啦？"老人抽回了自己的手，一副平静的神情。

"我……"老人的样子使我一惊。

"您咋半夜三更还不睡呀？明天怎么有精神干工作？这几天您每天陪着我总不好吧！我又不是三岁的孩子，你是一团之长，工作耽误了，可是大事哇！"老人以长辈的身份在数落我。

"我……"我更晕了。

"没有事，天不早了，快去歇着吧！"老人冲我挥挥手，好像我打扰他似的。

"老人家,您为什么不睡?"我顺从地后退着反问。

"啊……人老了。"老人边说边用铜烟袋锅敲得凳子笃笃响:"人老没瞌睡嘛!再说我还有夜里过烟瘾的习惯。"

我难受地、狐疑地退出去了。

一晃十天过去了,这十天来,老人的行动虽然没有什么异常情况,但面容却消瘦了很多,像一下子苍老了十多岁。第十一天,老人提出要走了。我们既愿意他走,又舍不得他走。这个老人真好,我敢说他是天底下最好最好的老人!这十天里,他没有给我们添过任何麻烦,每天吃过饭不是听从我们的安排,就是在机关的菜地里劳动。我们大家都很尊重他。这天上午,我和政委正在研究如何为老人家送行,老人突然推门进来:"团长、政委,你们不是要我给战士们讲讲课吗?你们集合队伍吧!"

我和政委同时迎上去,抓住了老人的手。老人是边境的老边民,近八十岁了。他经历了清朝、中华民国、新中国三个时代。他耳闻目睹、亲身经历中华民族近百年来的血泪史!他的现身说法,对我们每一位干部、战士来说,无疑是一堂求之不得的生动的战备教育课!前两天要他讲,他不讲,我们能够体谅——这会勾起老人的伤心哪!现在老人主动提出来讲,并且是在临走的前一天,我们是多么地高兴呀!我们请示了军指挥所,下午全团停工了。

于是,一幅幅使我们气愤、恼怒、仇恨、咬碎钢牙的血肉画面在我们面前展开来。

……

老人要走了,我们怀着无法形容的心情送他到车站。在站台上,他和干部战士们一一拉手,最后拉住我和政委的手,摇着、晃着……

列车进站了,我掂起老人的提包送他上车。他像突然想起了什么似的,要回自己的提包,迅速打开。首先取出一件皮背心,塞到政委手里,说:"抗美援朝你留下腰疼病,这个你用吧!"接着又取出一双皮袜子塞到我手里,说:"你的脚不是年年冻吗？这个送给你!"而后,又手脚麻利地把一个红皮笔记本、一条驼毛围巾塞给我身后的同志,上车去了。

电铃响了,车门关上了,老人探身车窗外,同我们挥手告别。我们也挥动着老人送给的皮背心、皮袜子、红皮笔记本、驼毛围巾送别老人。

汽笛长鸣,列车起动了,速度由慢而快,"铿锵！铿锵!"

列车驶出车站,我稍稍平静了一下心绪。这时,就在这时,我突然心里一紧,惊叫了一声:"哎呀!"

我的目光停留在老人送给我们的皮背心、皮袜子、驼毛围巾、红皮笔记本上……

刹那之间,我明白了！

啊！啊！啊！

我的手瑟瑟发抖,我的泪抑制不住地涌出来……

老人家,原来您已经知道了,知道了！

老人家,早知如此,我们不该瞒着您呀！

老人家,我们对不住您！

列车快要离开我的视野了,我和政委情不自禁地紧追几步,向着远去的列车,泪流满面,举手敬礼！我身后的干部、战士也和我一样举手敬军礼……

五天之后,我们派到乌苏里江畔做善后工作的干事,打来电报：

家属说:善后工作无须做,战备要紧。烈士的祖父和父母共同提出:把老二、老三也送到部队来……

后 记

这是我的第三本出版物。虽然在我国小说书籍的沧海里只是一粟，但我还是骄傲的——我为小说书籍的沧海里添了一滴水，而不窃取者！

我的小说大多把自己的亲身经历典型化了。小说中所描写的生活都是我十分熟悉的。有重庆"八一六"核工程硝烟弥漫、炮声隆隆的施工场面，有天津东郊7402国际机场建设的施工生活，有唐山地震救人的具体细节，还有我拄着拐杖开办家乡碎石厂的足迹……

"祸兮福所倚，福兮祸所伏。"我三十出头链霉素迟发中毒致残、养病、病退，确实是坏事！但不甘寂寞的我拄着拐杖努力地实现着自己的人生价值，干这干那，甚至当过倒爷，任过工程中介，自己带领家族父兄们承包过工程……

没想到这痛苦复杂的经历都成了我今天创作的宝库！

我下一本作品正在孕育之中。她是反映我军委工程兵五十四师打造世界上最大的人工洞体——"八一六"核工程的作品。该作品再现了我工程兵血与火、眼泪与艰苦的生活……

曾经培养过我、关心过我及现在关注我的首长、战友、故乡亲人和读者，你们祝福我吧。

2020年12月12日
于故乡牡丹石屋